Jean Mattern
Im Király-Bad

Roman

Aus dem Französischen
von Holger Fock
und Sabine Müller

Insel Verlag

Titel der Originalausgabe: *Les bains de Kiraly*

Druck: Pustet, Regensburg
Printed in Germany
Erste Auflage 2010
ISBN 978-3-458-17466-0

1 2 3 4 5 6 – 15 14 13 12 11 10

Would you know my name
If I saw you in heaven?

Eric Clapton

Für Elisabeth
und für Boris
in memoriam

I

Einen Schritt vor den anderen. Nichts leichter als das. Man setzt einen Fuß auf, Ferse zuerst, rollt ab, dann wird der andere angehoben, der Wechsel erfolgt ganz von selbst, die Mechanik des Körpers läuft reibungslos. Es bedarf keiner komplizierten Steuerung des Nervensystems und keiner Willensanstrengung, um uns voranzubringen. Zum Glück: Es gibt Ziele, die man nicht gerne erreicht, und Wege, die man nicht gehen will.

Wie die hundert Meter vom Friedhofseingang bis zu Mariannes Grab, die ich nur mit dieser bewusstlosen Mechanik überwand. Mein Körper erinnerte sich an alle Bewegungsabläufe und spulte sie ab, um vorwärtszugehen, sich aufrecht zu halten. Ich nicht. Ich erinnere mich an nichts. Ich würde diesen Weg liebend gerne noch einmal gehen, und dieses Mal würde ich das Gewicht eines jeden Schrittes abwägen. Einen Schritt nach dem anderen, auf dem Kiesweg, den Blick nach vorne gerichtet. Ohne den hellbraunen Holzsarg vor mir, doch ich würde so tun, als wäre er da. Und nicht mehr meine schwarzen Schuhspitzen anstarren, um den Blicken der anderen auszuweichen. Niemand außer mir stünde am offenen Grab, ich wäre allein. Allein bei dem Versuch zu verstehen, wohin dieser Weg einen zehnjährigen Jungen führen kann.

Doch der kleine Friedhof von Proverville bei Bar-sur-

Aube liegt in weiter Ferne. Es ist ein schöner Fleck, am Ortsausgang, auf einem Hügel gelegen, mit Blick auf die Weinberge der Champagne. Wenn ich zu Fuß unterwegs bin, versuche ich immer, mir das morgendliche Licht dort vorzustellen, das die ersten Herbstnebel auflöst. Um den englischen Himmel auszublenden und so zu tun, als wäre ich von Weingärten umgeben.

Wenn es mir gelingt, werden die Straßen von London zur bloßen Kulisse. Sie gleiten an mir vorbei, eine gleicht der anderen. Dennoch durchwandere ich sie stundenlang, Tag für Tag. Auf meinen Streifzügen kann ich zum ersten Mal ermessen, wie groß die Stadt ist, in der ich seit Jahren lebe.

Um der Enge des möblierten Appartements zu entfliehen, das ich seit einigen Monaten gemietet habe, wandere ich umher. Ich biege mal nach rechts, mal nach links ab, ich ziehe große Kreise, gehe Strecken, die ich auf einem Stadtplan unmöglich nachzeichnen könnte. Ich lasse mich von der Menschenmenge, dem Strom der Fußgänger treiben. Es besteht keine Gefahr, einem bekannten Gesicht zu begegnen: Ich kenne niemanden hier, außer meiner Frau und meinem besten Freund natürlich.

Doch sie wissen nicht, wie ich meine Tage jetzt verbringe: mit Wanderungen und dem Versuch, sie zu vergessen.

Laura zu verlassen und mich bei Leo nicht mehr zu melden schien mir der einzige Ausweg aus der Sackgasse zu sein. Das war ein Irrtum. Mehr denn je bin ich mir selbst auf den Leim gegangen.

Vor einigen Tagen entdeckte ich auf dem Rückweg von einem meiner langen Fußmärsche zum ersten Mal dieses Schild: *Beth Hamedrash Synagogue*. Sie befindet sich nur zwei Straßen von meinem neuen »Zuhause« entfernt. Falls das abgewrackte Haus in Golders Green, in dem ich mich verstecke, diesen Namen verdient. Ich weiß nicht, ob Scham oder Erschöpfung mich dazu bewegt hat, mich hier zu verkriechen, oder war es Trägheit? Ein Jahr ist das jetzt her.

Ich weiß auch nicht, was mich dazu verleitet hat, noch einmal in die kleine Seitenstraße der Golders Green High Street zurückzukehren und mich über die Zeiten der Gottesdienste zu informieren, die an der Synagoge angeschlagen sind. Ebenso wenig könnte ich angeben, wann ich den Entschluss fasste, zum Jom Kippur zurückzukommen.

Ich fastete, und es gelang mir, nicht einzuschlafen während der vielen Gebete, die ich kaum verstand. Ich glaube, ich hoffte, dass ich mich danach erleichtert fühlen würde, dass man eine Last von meinem Gewissen nehmen würde. Auf eine Art Absolution.

Ich fühlte mich einsam zwischen mehreren hundert Männern in Gebetsmänteln und dachte an eine andere Synagoge in Amsterdam, die wir gemeinsam besucht hatten. Laura wollte die berühmten *Sonnenblumen* im Van-Gogh-Museum sehen. Knapp drei Monate nach unserer Hochzeit hatten wir uns spontan zu einer Hochzeitsreise entschlossen. Eine ihrer Initiativen, gegen die ich nichts einzuwenden hatte – Laura entschied, ich folgte ihr. Amsterdam gefiel ihr, wir hatten noch ein paar Tage angehängt, und beim Betrachten des wechselhaften Himmels über den Kanälen fragte sie mich, warum es Vincent van Gogh immer um das Licht des Südens gegangen sei.

»Findest du diese Wolken nicht auch herrlich? Ein echtes Schauspiel, fliegende weiße Bärte!« Ich machte sie darauf aufmerksam, dass es sich bei der Nähe zur Nordsee schlicht um den Zustrom von Meeresluft handle. Laura ließ sich nicht entmutigen, von einer Bank im Vondelpark aus folgte sie, den Kopf in den Nacken gelegt, dem Flug der Wolken und erfand passende Geschichten dazu. Es war Februar und noch so kalt, dass ich es kaum aushielt, aber ich war glücklich. Diese Frau, für die es nichts Wichtigeres gab, als mir Geschichten von Riesen zu erzählen, die über den Himmel flogen, war ein Wunder. Mein Wunder.

Laura fand, dass alle Dinge es wert seien, ausprobiert zu werden. Jede neue Entdeckung weckte ihre Neugier. Als sie die Imbissautomaten für Kroketten erblickte – die Niederländer verspeisen die warmen Fleisch- und Krabbenbällchen zu jeder Tages- oder Nachtzeit –, bekam sie einen solchen Lachkrampf, dass sie fast vom Fahrrad gefallen wäre. Nichtsdestotrotz forderte sie später von mir, ihr so eine Fleischkrokette zu besorgen. »Ich kehre doch nicht nach London zurück, ohne diese Spezialität des Landes probiert zu haben!«, meinte sie und fuhr lachend fort: »Aber ich warne dich: Wenn ich meinen Eltern erzähle, dass du mich zum Essen an einen Bonbonautomaten einlädst, lassen sie glatt unsere Ehe annullieren.«

Ich lachte mit. Hatte ich doch endlich den Wartesaal meines Lebens verlassen und war in den Zug gestiegen.

Am letzten Abend vor unserer Rückkehr nach London schlug ich ihr vor: »Wie wäre es, wenn wir noch einen Abstecher ins Rijksmuseum machten?« Einige Tage zuvor hatten wir schweigend die Gemälde van Goghs bewundert, und Laura hatte anschließend erklärt, diese Erfahrung sei »nicht zu überbieten«. Also zogen wir Bootsausflüge und lange Fahrradtouren dem Besuch weiterer Museen vor. Dabei fuhren wir mehrmals durch die Torbögen des Rijksmuseums, und jedes Mal machte sich Laura einen Spaß daraus, wegen der Echos unter den neogotischen Gewölben die Fahrradklingel zu betätigen. »Von nun an kommen wir jedes Jahr hierher, abgemacht? Ich habe Amsterdam in mein Herz geschlossen«, sagte sie: »Eine Nation, die einen Radweg baut, der buchstäblich mitten durch ihr größtes Museum führt, finde ich toll! Kannst du dir vorstellen, auf Fahrrädern durch die Tate Gallery zu fahren? Oder unter dem Buckingham-Palast hindurch? Aber wenn der Herr jetzt noch das Museum über dem Radweg besichtigen möchte, bin ich einverstanden.«

Das war mein erster konkreter Beitrag zum Ablauf unserer Reise, abgesehen von meinem Orientierungssinn, denn für Laura war der Verlauf der Kanäle – ein wenig, als lägen vier Hufeisen leicht verschoben übereinander – ein ewiges Rätsel. Ansonsten waren die Dinge einfach für sie: Van Goghs Geringschätzung der Wolken über Amsterdam war ungerechtfertigt, und die schönste Kunstsammlung der Welt befand sich eben »über dem Radweg«. Nichts konnte ihrer guten Laune etwas anhaben, und sogar die Winterszenen von Avercamp lösten schallendes Gelächter bei ihr aus. Ihre Beobachtungsgabe schien sich immer direkt auf irgendein ungewöhnliches Detail der Gemälde zu richten, während ich mich mit der Überfülle der Bilder herumschlug. Sie machte mich schwindelig, es fiel mir schwer, den richtigen Abstand zu finden und alles mit einem Blick zu erfassen. »Man sieht nie alles auf einmal«, sagte Laura, während ihr Blick vom Gemälde zu mir wanderte.

»Kannst du Schlittschuh laufen? Bei all den Bildern von Holländern auf Schlittschuhen bekommt man richtig Lust, es einmal auszuprobieren. Findet denn dieses Rennen auf den gefrorenen Kanälen heute noch statt? Ich würde zu gerne einmal dabei sein.«

Laura redete weiter über die Malerei des Goldenen Zeitalters und ihre Lust, Schlittschuhlaufen zu lernen, ohne zu bemerken, dass wir in einen anderen Saal gelangt waren. Hier hingen die Rembrandts. Ich hörte ihr nicht mehr zu. Das volkstümliche Getümmel war den Porträts Amsterdamer Patrizier gewichen, wir wanderten von den berühmten *Tuchmachern* mit ihrem strengen Blick zur *Nachtwache*. Laura schien auf meine Kommentare zu warten, doch ich hatte schon die majestätischen Chiaroscuro-Gemälde gesichtet und eilte zu ihnen: *Die Prophetin Anna*, die uns nicht beachtete, da sie in das große Buch vertieft war, das ihre Hand zu streicheln schien, und etwas weiter entfernt *Die Judenbraut*. Während Laura noch gerührt war von der zärtlichen Geste der Verlobten, die sich mit den Fingern berühren, und von der schützenden Hand, die der künftige Gatte seiner Braut auf das Herz legt, hatte ich schon ein großes Gemälde am Ende des Saals in den Blick genommen. Ein alter, bärtiger Mann sitzt, das Gesicht auf eine Handfläche gestützt, in hellem Licht. Zu seiner Linken ist eine brennende Stadt angedeutet, doch meine ganze Aufmerksamkeit richtete sich auf seine Augen. Ich konnte mich nicht von ihnen losreißen. Mein

Gott, wie schwer der Kopf ist, wie leer seine Augen sind, Ausdruck reiner Verzweiflung, dachte ich. Dann las ich den Titel des Gemäldes: *Jeremias trauert über die Zerstörung von Jerusalem*.

Laura bemerkte meine Bestürzung. »Was ist los?« Ich versuchte, mich zusammenzunehmen und die Betroffenheit zu überspielen, die sie auf meinem Gesicht gesehen haben musste. »Nichts, es ist nichts. Findest du nicht auch, dass dieses Gemälde unglaublich ist?«

Laura nahm wortlos meine Hand, und ich war ihr dankbar für dieses Schweigen, für ihr stummes Verständnis.

»Wenn es dir nichts ausmacht, würde ich noch gerne die Portugiesische Synagoge ansehen.«

»Nur, wenn ein Radweg durchgeht«, erwiderte sie unter neuem Gelächter.

Sie stellte keine Fragen. Ich bin sicher, sie vertraute darauf, dass ich ihr irgendwann einmal erklären würde, warum mich dieses Rembrandt-Gemälde zu Tränen gerührt hatte. Ich hätte sagen können: »Weißt du, nach dem Tod meiner Schwester hatte mein Vater manchmal diesen Blick, und er stützte seinen Kopf auf dieselbe Weise auf, wenn er sich abends in seinen Sessel setzte. Oder vielmehr: wenn er in seinen Sessel sackte. Manchmal saß er stundenlang so da und schaute ins Leere. So kam es mir jedenfalls vor. Es war ein Blick, als wäre sein Leben eine zu große Last für ihn, als könnte er es nicht länger tragen.« Ich schwieg: Sie hatte meine Hand genommen, mehr brauchte es nicht, um diese Bilder aus meinem Kopf zu verjagen.

Ich legte einen Schritt zu, um die Rembrandt-Säle schnell

hinter mir zu lassen. Bei Vermeer schöpfte ich Atem. Das war mein erstes Ausweichmanöver. Der Anfang meiner Flucht.

Das Ende von Jom Kippur ist sehr schön. Hunderte von weißen Gebetsmänteln bilden ein Zelt über den Köpfen: ein singendes weißes Meer. Ich sehe die Männer noch vor mir, von ihren Sünden reingewaschen, wollen sie das neue Jahr beginnen. Freie Männer. Singende, freie Männer.

Ich wäre gerne wie sie. Ich würde gerne unter ihren Zelten weilen und ihre Gebete lernen. Ich bin nicht verrückt geworden, ich lebe allein in der Stille. Ich bin weggezogen, ohne den Menschen, die bis dahin mein Leben ausmachten, meine neue Adresse zu hinterlassen, ich habe Laura ohne ein Wort der Erklärung verlassen. Ich glaubte, nur in der Einsamkeit Schutz zu finden. Deshalb habe ich heute niemanden, mit dem ich die Schönheit von Jom Kippur teilen, niemanden, dem ich meine Alpträume oder meine Träume erzählen kann. Seit diese Leere um mich herrscht, habe ich plötzlich Lust, über die Gespräche mit meinem Onkel József oder über das Grab meines Großvaters auf dem Friedhof von Budapest zu berichten. Laura weiß nicht, wie sehr József mir fehlt. Sie kennt nicht einmal den Namen dieses zu früh verstorbenen Onkels, der anders war als alle anderen, der starb, bevor er meine Fragen beantworten konnte. Ich verbrachte oft die Ferien bei ihm, wir gingen zusammen in die Oper, er schenkte mir Bücher. Als ich auf dem Friedhof in Budapest den Grabstein fand, der mich an das Schweigen meiner Eltern über die Herkunft meiner Familie erinnerte, konnte ich ihn nicht mehr anrufen. Laura weiß nichts davon. Sie ahnt nichts von all den Fragezeichen, die ich einfach beiseitegeschoben hatte … Und ich hatte mir eingebildet, meine Liebe zu Laura würde genügen, um die Leerstellen einer Geschichte zu füllen, die ich mir nicht erzählen wollte.

Und ich weiß nicht einmal, wen ich um Verzeihung bitten soll.

In Amsterdam war es mir gelungen, mich hinter meinem bescheidenen Wissen zu verstecken, das Laura meine »Belesenheit« nannte. Ich konnte ihr von Rembrandt und dem historischen Umfeld erzählen, in dem er diese biblischen Motive oder die jüdischen Bürger einer Stadt malte, die damals Neu-Jerusalem genannt wurde, ich konnte Vorlesungen halten über die mystischen und politischen Strömungen des Goldenen Zeitalters oder über die Stellung der hugenottischen Flüchtlinge und der sephardischen Juden in den Niederlanden. Laura hörte meinen Monologen stets aufmerksam zu und sah mir dabei direkt in die Augen, als wollte sie mir zeigen, welch große Bedeutung sie meinen Worten beimaß. Ob sie ahnte, dass ich meine Bildung nur ausbreitete, um nicht über die Gefühle sprechen zu müssen, die mich überkommen hatten?

Vor Laura verfingen die Verführungskünste der Frauen nicht bei mir. Ich hatte in der Jugend die Spielregeln nicht gelernt. Ich war einzelgängerisch, missachtete jene sporadischen Übereinstimmungen und wechselnden Gefühlslagen, die Freundschaften ebenso wie erste Liebesbeziehungen anbahnen und sie wieder lösen. Ich hielt mich abseits, igelte mich ein in den Stolz eines Jungen, der sich unverstanden fühlt. Und selbst nachdem ich diese grauen Jahre der Mittel- und der Oberstufe am Gymnasium hinter mich gebracht hatte, habe ich mich nie verführen lassen, weder von einer Frau noch von einem Mann. Meinen Rückstand habe ich nie aufgeholt.

Doch ihr Lachen hatte mich überwältigt. Ich war hingerissen. Verzaubert von ihrer überschäumenden Fröhlichkeit, von den Kaskaden der ungezügelten und fröhlichen Klänge aus ihrem Mund, hypnotisiert von ihren ebenfalls lachenden Augen. Lag es daran, dass sie nicht versuchten, mich zu verführen? Ihre Freude schien sich selbst zu genügen, sie schien in diesem Lachen aufzugehen, ohne sich um andere zu kümmern. Wie hätte man da unberührt bleiben können? Wer wäre bei diesem Glockenspiel nicht gerne dahingeschmolzen, darin versunken? Meine Sinne waren geweckt vom Versprechen dieses klangvollen und lauten Lachens, das meinen ganzen Körper zum Schwingen brachte. Es klang wie eine Antwort auf meine Zweifel. Als wir uns kennenlernten, beschäftigte mich immer wieder die Frage, ob zwei Menschen einander wirklich verstehen können, einer im anderen zur Ruhe kommen kann. War das möglich? Ruhe finden.

Wörterbücher füllten meine Tage aus, doch dabei verloren die Wörter ihres Sinn. Ich habe keine Muttersprache mehr, ich hatte nie eine. Die Sprache, die mir eine hätte sein können, wurde von meinen Eltern geflüstert, wenn sie sich allein glaubten. Ich hörte ihre Sprache durch die Wand zwischen unseren Zimmern, aber ich durfte sie nicht sprechen. Die Grammatik ihrer Kindheit passte nicht in meine Kindheit. Die sollte gewöhnlich sein, eine Allerweltskindheit. Sie unterschlugen ihr Exil, um mir eine gewöhnliche französische Kindheit in einer gewöhnlichen Kleinstadt in der Provinz zu bieten. Ich lernte die Worte und Sätze auswendig, die es mir ermöglichten, in dieser Umgebung aufzugehen. Ich entsprach ihrem Wunsch: Ich wurde ein glänzender Schüler, besonders in Französisch, und erhielt regelmäßig Auszeichnungen. Durch mein absolutes Gehör und mein fotografisches Gedächtnis lernte ich schneller als andere und brauchte keine Hilfestellung von meinen Eltern. Sie sprachen ein altmodisches Französisch mit eingeschliffenen Floskeln, waren erstarrt in der Furcht, sich durch einen Grammatikfehler zu verraten. Doch diese Sprache wurde nie meine, und die einzige Grammatik, die ich beherrsche, stammt von der einzigen Regel, die mein Vater eines Tages aufstellte: »Der Herr hat es gegeben, der Herr hat es genommen.«

Ich habe Laura verlassen, weil mir diese acht Worte das Leben unmöglich machen und mir verbieten, unserem Kind ein Vater zu sein. Oder ein Ehemann für sie. Acht Worte reichen nicht aus, um zu lieben, und meine ganzen Stilistik-Lehrbücher helfen mir nicht, mit ihr zu sprechen.

Der Schmerz darüber, dass ich den Namen unseres Kindes nicht weiß, schnürt mir die Kehle zu. Es hätte Besseres verdient als mein Schweigen und meine Lügen.

Woher kommt die Hoffnung, dass diese Aufzeichnungen etwas daran ändern können? Von den Gebeten, die ich in Golders Green hörte? Der Freude der anderen, von der ich ausgeschlossen war? Ich weiß es nicht.

Unser Sohn ist bald sieben Monate alt, und Laura hat bestimmt schon die ersten Wintersachen für ihn gekauft. Dabei ist er ein Kind des Frühlings, des Lichts. Und ein Kind ohne Vater.

Es ist Oktober. Ich komme mit meiner Arbeit nicht voran. Werde meinem Ruf in diesem Monat nicht gerecht. Ich lausche auf den Regen, wandere umher und betrachte den Himmel. Um seine Farbe mit der Farbe zu vergleichen, die er an einem Oktobernachmittag vor zwanzig Jahren hatte. Oder vielmehr mit der Farbe, die mir davon im Gedächtnis geblieben ist; ich war etwas über zehn Jahre alt. Der Kalender setzt die Erinnerungsmaschine in Gang, ohne dass wir dagegen angehen könnten, und das Ritornell der Daten ist oft stärker als unser Wille zu vergessen. Hat mein Vater den Mai ein Leben lang gehasst? Hat auch er in seinen Kindheitserinnerungen nach etwas gesucht, einem Bild, das ihm die Farbe des Himmels, das Wetter an jenem Tag in Erinnerung hätte bringen können, an dem er seine Mutter verlor? Ich habe nie den Mut aufgebracht, ihn danach zu fragen, denn seine Mutter war im Mai 1938 gestorben, als er gerade zehn Jahre alt war, und ich war ebenfalls in einem Mai zur Welt gekommen. Daten sind grausam: Sie türmen sich übereinander, überlagern sich. Eine Generation verdrängt die andere, setzt sich an ihren Platz. Aber kann ein Sohn die Stelle einer zu früh verstorbenen Mutter einnehmen?

Wie finde ich zu dieser Großmutter, deren Andenken verblasst ist? Die wenigen Fotos, die ich von ihr besitze, offenbaren Gesichtszüge, die über Generationen dieselben geblieben sind, vielleicht wird mein Sohn sie erben. Dieselben Augen, und vor allem dieselben vorspringenden Wangenknochen, auch die schmalen Lippen. »Du hast einen ernsten Mund«, sagte Laura manchmal zu mir. Sonst weiß ich nichts über sie, fast nichts. Sie muss lange Zeit krank gewesen sein, bettlägerig, bevor sie verschied. Ein knappes Jahr vor Ausbruch des zweiten Weltkriegs hatten die Arztkosten und die Kuren in serbischen Bädern die Ersparnisse meines Großvaters fast aufgezehrt. Als mein Großvater an die Front musste, war er bereits Witwer. Die strahlende Schönheit meiner Großmutter hatte ihren Tod nicht verhindern können. Auch ihr musste das Leben genommen werden, wie man es später meiner Schwester, ihrer Enkelin, genommen hat.

Ich bemühe mich oft, ihr Leben als abgeschlossene Erzählung zu betrachten. Fragmente erschrecken mich, und ich kann mich einfach nicht mit dem Gedanken abfinden, dass die beiden einfach so aus dem Leben gerissen wurden. Ich kenne auch keine Gesetze, die es mir ermöglichen würden, diese vorzeitigen Tode zu verstehen. Das Leben meiner Großmutter endete wie ein ungeordnetes Satzgefüge, eine wirre Kette von zu vielen Nebensätzen, Einschüben, Fragezeichen und Gedankenstrichen, wie ein schlecht gegliederter Satz, der im Zickzack verläuft und nirgendwo ankommt. Was konnte mein Vater von dieser Frau verstanden haben, die sich so zärtlich um ihn kümmerte, wenn ihr Gesundheitszustand es ihr erlaubte aufzustehen, die jedoch oft in ihrem Zimmer am Ende des Flurs ans Bett gefesselt war und von der man ihm sagte, sie habe »ein schwaches Herz«? Ebenso wenig gelingt es mir, den Tod meiner Schwester zu begreifen, keine Grammatik hilft mir dabei, diese Folge geordneter, zumeist klarer und kurzer Sätze zu erklären, denen fast nie ein Fragezeichen, dafür aber jene schrecklichen Auslassungspunkte folgen. Und schließlich das ebenso endgültige wie sinnlose Ausrufezeichen.

Mein Vater zog eine einzige Lehre aus diesen grammatischen Unfällen. *Geben, dann nehmen.*

Diese Worte hallten viele Jahre in meinem Kopf, bis zum Erbrechen. Ist jetzt die Zeit gekommen, um endlich damit aufzuhören, mich in fremde Sprachen zu flüchten, solche, die ich schon erlernt habe oder deren Lehrbücher sich auf meinem Schreibtisch stapeln? Sie sind meine Trutzburg, um die Geschichte von Hiob nicht mehr hören zu müssen. *Geben, wieder nehmen.* Ich habe übrigens keine Ahnung, wie gut dieser Vers übersetzt ist. Ich will es nicht wissen.

Mit meiner Nachbarschaft habe ich wenig zu tun, ich bin allein bei meiner Arbeit, und wenn ich einkaufe, erinnert mich nur das Feilschen mit den pakistanischen Lebensmittelhändlern in meinem Viertel an die langen Jahre, in denen es für mich keine Möglichkeit gab, diesen banalen und alltäglichen Worten zu entkommen. Gewöhnlichen Worten. Im Eilverfahren trichterte ich mir Fremdsprachen ein zum Schutz vor diesen beiden ganz und gar gewöhnlichen Worten. Ich wollte sie hinter mir lassen, sie in anderen Klängen, anderen Vokabeln ertränken. Als ich begann, Englisch zu lernen, erlebte ich das wie eine neue Freiheit, ohne die Tragweite dieses Gefühls zu ermessen, das zum Genuss wurde: Bei meinem ersten

Aufenthalt in England wurde mir bewusst, dass ich mich in einer anderen Sprache ausdrücken konnte. Es war meine erste Erfahrung von Wollust. Wie ein Junge, der lernt, sich seines Geschlechts zu bedienen, um sich Lust zu verschaffen; beides fiel übrigens zeitlich zusammen. Ich habe es nie vergessen, und noch heute vermischt sich die englische Grammatik in mir mit der Erfahrung von Freiheit – und Lust. Das Englische hatte mir zu einem ungekannten Genuss verholfen und zudem zu einer Illusion: Englisch zu sprechen erlaubte mir lange Zeit, mir einzureden, dass sich die Erlebnisse meiner Vergangenheit gegen eine Übersetzung sperrten. Dass sie aus meinem Gedächtnis verschwinden würden, wenn ich mich nur an Worte hielte, die mein Vater niemals hätte aussprechen können, an die Worte einer Fremdsprache.

Worte, die fehlten, als Marianne starb.

Laura weiß nichts von meinen Fesseln. Ich liebe ihre Freiheit, diese Unkompliziertheit, mit der sie auf ihre Vergangenheit zu sprechen kommt wie auf jede andere Neuheit. Die Worte ihrer Kindheit tun ihr nicht weh, sie muss nicht in anderen Wörtern nach einem Rettungsanker suchen.

Die Familie meines englischen Austauschschülers hat nie erfahren, wie begeistert ich war. Der Gedanke lag ihnen fern, dass sie einem dreizehnjährigen Jungen ein zweites Leben schenkten, der dazu verdammt gewesen war, gegen die Mauern seiner Muttersprache zu rennen, eine Mauer, die aus den dicken Ziegelsteinen dieser zwei Worte bestand: Geben, nehmen. Sie bemerkten nur, wie schnell ich Fortschritte machte, und das kam ihnen unnatürlich vor. Das Französisch ihres Sohnes Edward besserte sich kaum mit mir, während ich als ein kleiner Engländer durchgehen konnte, denn ab meinem zweiten einmonatigen Aufenthalt bei ihnen im Norden Londons achtete ich darauf, nur Wendungen zu benutzen, die ich vollkommen beherrschte. Wanstead war kein vornehmes Viertel der englischen Hauptstadt, und Edwards Familie gehörte nicht gerade zur Upperclass. Doch der Schüleraustausch war vom Gymnasium organisiert worden, und meine Eltern hatten blindes Vertrauen *in die Schule*. Sie wären erstaunt gewesen, wenn sie den Geländewagen der Benslows gesehen hätten, die großen Sonnenbrillen, die Edwards Mutter offenbar Tag und Nacht trug, die halb unkonventionelle, halb neureiche Einrichtung ihres Hauses. Für mich war alles neu und mehr seltsam als fremd, mein Stolz bestand darin, dass man mir mein fortwährendes Staunen über ihre Lebensweise nicht anmerkte: von der Mikrowelle bis zur Zubereitung des Tees, von den populären Sendereihen der BBC bis zur Angewohnheit des Vaters, Opern auf Video anzusehen und dabei lauthals mitzusingen, vom hartnäckigen Schweigen Edwards bis zu dem lauten Gezänk unter den Geschwistern. Verglichen mit meinem Leben kam mir alles verrückt, exzentrisch, hemmungslos vor …

»Hast du eine Freundin?«

Edwards Mutter hatte die Scheibe heruntergekurbelt und musste brüllen, damit ich sie verstand. Es schien sie nicht zu stören, und sie stellte eine Frage nach der anderen, ohne meine Antworten abzuwarten. Sie hatte übrigens nicht zu reden aufgehört, seit sie mich mit Edward im Wartesaal von Folkestone begrüßt hatte. Es dauerte einige Zeit, bis wir den Wagen und den Vater wiederfanden – wenn ich es richtig verstanden hatte, wollte er den Landrover nicht unbeaufsichtigt lassen –, doch sobald ich auf dem Rücksitz neben meinem Brieffreund saß, stellte sie das Autoradio an.

»Hört ihr in Frankreich auch Human League? Das ist ihre neueste Single.« Sie drehte das Radio noch lauter und schien sich zu freuen, dass sie ihre Begeisterung mit mir teilen konnte. Edwards Mutter glich in nichts dem, was ich mir unter einer Engländerin vorgestellt hatte – und ebenso wenig hatte sie mit meiner Mutter gemeinsam. Ich staunte darüber, wie unbekümmert sie war, das Haar im Wind, dazu die ohrenbetäubend laute Musik, *Don't you want me, baby?*, und das protzige Auto, in dem wir wie der Henker durch Kent rasten und nach knapp zwei Stunden London erreichten.

Sie nannten mich ihren kleinen Mozart: In ihren Augen war ich ein hochbegabter Junge, eigenartig, aber nett, sogar drollig, der sich mit jedem gut verstand, und vor allem mit den beiden Schwestern Victoria und Alexandra, zwischen denen Edward heranwuchs. Ja, man hielt mich für ein kommendes Genie, imstande, jeden beliebigen Akzent in wenigen Minuten zu übernehmen. Später bemerkte ich, dass ich mit dieser Manie riskierte, diejenigen zu kränken, deren Ausdrucksweise und Intonation ich unwillkürlich nachäffte. Noch heute droht mein Englisch zu einem phonetischen Brei zu verkommen, wenn mein Gesprächspartner schlechtes Englisch spricht. Victoria und

Alexandra jedoch waren entzückt von dieser musikalischen Begabung, von meinem absoluten Gehör, und wir tanzten zusammen zu den neuesten Hits in den Top Ten, die ich nach wenigen Minuten auswendig konnte. Jedes Mal, wenn ich aus England zurückkehrte, packte ich – sobald ich die Magenkrämpfe und die Anfälle von Übelkeit überwunden hatte, die meine Fahrten über den Ärmelkanal unweigerlich begleiteten – stolz meine 45er-Schallplatten aus, für die ich mein gesamtes Taschengeld ausgegeben hatte. Zwischen zwei Aufenthalten in England ersetzten sie mir den Englischunterricht.

Von diesem Zeitpunkt an entzog ich mich allmählich meinen Eltern. Mein Körper gehörte jetzt mir, ohne dass sie es wussten, und eine neue Sprache hatte sich zwischen uns gestellt, eine Sprache, von der sie nicht das geringste Wort, nicht die kleinste Satzbauregel kannten. Eine Sprache, die es mir ermöglichte, zuerst den Bibelversen, dann unserer provinziellen Kleinstadt und schließlich meinem Heimatland zu entkommen. Meine Schulzeugnisse waren glänzend. Meine Eltern hatten keinen Einfluss mehr auf mich. Ich wurde unverschämt, tadelte sie, korrigierte sie. »Bei der Begabung! Wenn unser Sohn seinen Weg erst gefunden hat, wird sich das legen.« Da ich ihre Gespräche langweilig fand, forderte ich, beim Essen lesen zu dürfen. Meine Mutter erlaubte mir, allein in der Küche zu essen, den Kopf aufgestützt, das Buch neben dem Teller. Seit meinem Aufenthalt bei den Benslows ahnte ich, dass ich das Leben anderer in mein Leben aufnehmen konnte, wenn ich in ihren Worten danach suchte. »Man kann doch ein Kind nicht am Lesen hindern.« Erst viele Jahre später, beim Tod meiner Großmutter mütterlicherseits, die in jenem Österreich beerdigt wurde, das sie nie hatte verlassen wollen, begriff ich die Haltung meiner Mutter. Während sie versuchte, witzige Dinge über die Frau zu erzählen, die sie gerade zu Grabe getragen hatte, ließ sie in ihrem Schmerz oder ihrer Wut diesen Satz fallen: »Ich werde nie vergessen, wie sie mir die Bücher aus den Händen riss, die ich von der Schulbücherei nach Hause brachte, und dazu sagte, ich hätte doch wohl Besseres zu tun, als meine Zeit damit zu vergeuden, die Nase in ein Buch zu stecken.«

Der Tod hatte diese Demütigung nicht aus der Welt geschafft. Man kann keinen Frieden mit denen schließen, die vergessen, um Verzeihung zu bitten.

Ich habe dem Mann nie verzeihen können, der meine Schwester und ihren Freund an einem Sonntagnachmittag im Oktober über den Haufen gefahren hat, als ein Sprühregen über der Champagne niederging und ich in den x-ten Roman von Agatha Christie versunken war. Was hat meine andere Schwester in diesem Moment gemacht?

Was machten wir in dem Augenblick, als der Wagen frontal mit dem Moped zusammenstieß, in dem Augenblick, als sie sich den Hals brach, zweifellos beim Aufprall auf dem Seitenstreifen ungefähr dreißig Meter entfernt, und als dann wenige Sekunden später ihr Herz zu schlagen aufhörte? Kam Miss Marple gerade hinter das Geheimnis des Mordes in dem Zug, der um 16 Uhr 50 von Paddington losgefahren war, oder tastete sie sich noch an den Schuldigen heran, als meine Schwester weggerissen wurde von ihrem Freund, an dem sie sich auf dem Rücksitz des Mopeds festgehalten hatte? Sie konnte den Wagen nicht sehen, auch nicht das Gesicht des Rasers, der die Kurve schnitt, doch was empfand sie wohl im Moment des Zusammenstoßes und dann, als sie durch die Luft geschleudert wurde, bis sie aufprallte, wo ihr Leben endete? Wo ihre Geschichte endete.

Nach wie vor versuche ich, diesen Tag Minute für Minute zu rekonstruieren, um die Erinnerung an die Stunden zu finden, die jenem Klingeln an der Tür vorausgingen. An die Augenblicke, bevor ein Polizist unten an der Treppe stand. Ein Mann, der eine Nachricht zu überbringen hatte. Ich stelle mir gerne vor, wie schwer es ihm fiel, auch wenn er uns nicht kannte. Die Vorstellung tröstet mich, ich würde gerne noch einmal seinen Blick sehen. War er voller Mitleid? Ängstlich? Eines ist sicher: Als ich zur Tür rannte, hatte ich den Roman von Agatha Christie noch nicht zu Ende gelesen. Ich habe das Buch nie wieder aufgeschlagen. Ich werde nie wissen, wer der Mörder war.

II

Ich suche keine Entschuldigungen für mich. Wiegt meine Schuld zu schwer? Oder ist es einfach nur unbegreiflich? Ich habe nie geglaubt, nie gehofft, dass Laura sich mit einfachen Entschuldigungen zufriedengeben würde. Im Übrigen hoffe ich auf nichts mehr. Aber ich weiß nicht, wieso und warum der Gesang jener betenden Männer in der vergangenen Woche noch immer in mir ertönt. Ich höre ihre Gebetsformeln und darin all die Worte, die ich ihr seit langem schuldig bin. An meinem Schreibtisch oder auf den Wanderungen durch die Londoner Straßen versuche ich diese Worte zu finden: Sogar Hiob versuchte, mit Gott zu verhandeln. Warum ich nicht?

Als ich Laura begegnete, dachte ich, ihr Lachen würde jenen Oktobertag, der mich beherrschte, aus meinem Gedächtnis löschen, aus meinem Fleisch schneiden, ihn in einem Durakkord auflösen. Sie würde mich die darauf folgenden Jahre vergessen lassen, diese Jahre gedämpfter Unterhaltungen, die sich auf den Austausch alltäglicher Dinge beschränkten und dazu zwangen, *mezza voce* zu sprechen. Niemand erhob mehr die Stimme, niemand erwähnte mehr Mariannes Namen. Meine Mutter sang nicht mehr, wenn sie kochte, mein Vater schaltete am Sonntagabend den Fernseher nicht mehr an, wenn ein

Film mit Louis de Funès kam. Doch Lauras Lachen erreichte mich erst spät. Zu spät? Nach all den Jahren, in denen ich überzeugt war, dass ich niemanden brauchte, dass die Einsamkeit eben mit der Stille einherging. Ich habe nicht vergessen, wie mich ein Klassenkamerad demütigte, in dem ich einen Vertrauten gefunden zu haben glaubte. Er hatte ebenfalls eine Schwester bei einem Verkehrsunfall verloren, er konnte mich also verstehen. Doch bei der erstbesten Gelegenheit nannte er mich hinter meinem Rücken »Schwuchtel«. Er war eine Niete in Englisch, ich war Klassenbester. Wer wie ich von morgens bis abends die Nase in Bücher steckte, konnte nur eine Schwuchtel sein. Ich lernte meine Lektion und mied fortan die Gemeinschaft der anderen. Die Jahre im Gymnasium gingen vorbei, an meiner Situation änderte sich nichts, ich blieb ohne Freunde. Dann brach ich zum Studium nach England auf.

An der University of East Anglia bekam ich einen Studienplatz für ein Doppelstudium in Vergleichender Literaturwissenschaft und Übersetzung. Als ginge ich nach Oxford oder Cambridge, wiederholte mein Vater unermüdlich: »Bestimmt bist du der erste Abiturient aus Bar-sur-Aube, der zum Studium an eine der großen englischen Universitäten geht!« Er ahnte nicht, dass der Ruf der Fakultät von Norwich bei meiner Entscheidung nicht sehr ins Gewicht gefallen war. Ich wollte weg aus Frankreich, weg von meinen Eltern, und nicht riskieren, im Hörsaal ehemaligen Klassenkameraden zu begegnen. Das waren meine Beweggründe. In der neuen Umgebung würde ich nicht mehr der Intelligenzbolzen vom Dienst, die Schwuchtel, der eigenartige Typ in der ersten Reihe sein. Ich würde bestimmt Freunde finden. In Norwich lernte ich schließlich David kennen. Er ist schon seit langem aus meinem Leben verschwunden, und wahrscheinlich hätte ich ihn völlig vergessen, würde ich heute nicht allein leben. Liegt es an der Leere, die mich jetzt umgibt, dass ich nicht in der Lage bin, die Flut von Erinnerungen einzudämmen, die in mir aufsteigt, die vielen Bilder, von denen ich glaubte, sie seien längst dem Vergessen anheimgefallen? Zum Beispiel von jenem Tag, als David mich während unseres Theaterseminars minutenlang interessiert anstarrte. Für zwei Trimester erkor er mich zu seinem Vertrauten, dann verschwand er in die großen Ferien und kam nicht mehr zurück. Vielleicht ist er nach Chile zurückgekehrt, wo er einen Teil seiner Kindheit verbracht hat. Sein Vater arbeitete für die Sternwarte von La Silla in den Anden auf zweitausendvierhundert Metern Höhe, und David war mehrere Jahre zusammen mit den Kindern anderer Wissenschaftler aus Frankreich und Deutschland in Chile aufgewachsen. Während ihre Väter immer größere, immer bessere Teleskope bauten, blieben sie bei ihren Müttern im Flachland und besuchten das Internationale Gymnasium von Antofagasta, doch sie kehrten jedes Wochenende zurück in die Atacama-Wüste über den Wolken. Der Grund für dieses wissenschaftliche Exil auf der südlichen Erdhalbkugel liegt darin, dass es dort oberhalb von tausend Metern nie Wolken gibt. Eine kalte Strömung aus der Antarktis, eine Art Anti-Golfstrom namens Humboldtstrom, zieht die chilenische Küste hoch und verhindert die Verdichtung der Luftfeuchtigkeit zu Wolken. Ich hatte nie zuvor von dieser kalten Strömung vor den Anden gehört, ich wusste nicht, dass die Europäer dort in den sechziger Jahren der chilenischen Regierung einen Berg abgekauft hatten, um die Sterne aus größerer Nähe beobachten zu können, doch David erzählte mir mit solcher Leidenschaft davon, dass ich meinte, das erste, 1969 gebaute Teleskop vor mir zu sehen, das einen Durchmesser von nur drei Meter sechzig hatte und dem andere, immer größere, folgten, die schließlich Durchmesser von bis zu fünfzehn Metern erreichten. Auf öden Bergkämmen beherrschen sie die kahlen Gipfelketten, die sich zwischen La Silla und der Unendlichkeit erstrecken.

Dort oben, erzählte mir David, war er an den Wochenenden und in den kurzen Ferien mit Olivier, dem Sohn eines französischen Ingenieurs, durchs Gebirge gestreift und hatte die Sternkarte gelernt. Sie unterhielten sich in einem Kauderwelsch aus Französisch und Spanisch, schworen, einander nie zu verlassen, schmiedeten Zukunftspläne: Sie wollten Astronauten werden, um endlich mit der Hand das zu berühren, was sie durch die riesigen Linsen sahen. Diese Kameradschaft dauerte, bis David die Schule beendet hatte, dann schickten ihn seine Eltern nach England. Er kannte sein Heimatland kaum, und es war an der Zeit, dass er aus seiner Petrischale herauskam. Das wahre Leben hatte nichts zu tun mit dem Himmel über La Silla.

In Norwich fehlte David nicht so sehr dieser himmlische Ausblick, auch nicht die Anden, und nicht einmal seine Eltern, die in Chile geblieben waren: Er vermisste Olivier. Er konnte das Kapitel ihrer Freundschaft einfach nicht schließen, aber die Post zwischen Südamerika und England funktionierte schlecht, David hätte am liebsten jeden Tag mit Olivier gesprochen. Ich war der einzige französische Student, der in englischer Literatur eingeschrieben war, und als er sah, woher ich kam, sprach er mich mit unverhohlener Freude an. Ich war zwar nicht Olivier, aber ich sprach wenigstens seine Sprache. Er schlug mir vor, am Wochenende gemeinsam spazierenzugehen. Ich willigte ein, überrascht und einfach glücklich, weil er seit langem der Erste war, der mir etwas anderes als Gleichgültigkeit oder Feindseligkeit entgegenbrachte. Während unserer langen Spaziergänge über den Klippen von East Anglia führte er Selbstgespräche, und ich hörte mir stundenlang all seine nichtssagenden Sätze an. Ich verstand nichts, doch das war nicht wichtig: David war glücklich. Er verlangte nichts von mir, seine Erinnerungen und seine Einsamkeit nahmen ihn ganz in Beschlag, er brauchte lediglich einen Zuhörer.

Ich war natürlich eifersüchtig auf diese Freundschaft, von der er sich nicht lösen konnte, auf die Bilder seines idealen Fotoalbums, die er vor mir ausbreitete, auf seine verlorengegangene Unschuld. Ich hatte so etwas noch nie erlebt. Mir war kein Freund abhandengekommen, und ebensowenig konnte ich einen Vater bewundern, der Sterne erforschte.

Manche Menschen, denen wir in unserem Leben begegnen, sind wie Deklinationen einer neuen Sprache. Wir lernen sie, und sie machen uns mit einer Grammatik vertraut, sie lehren uns die ersten einfachen Sätze eines neuen Idioms. Von David lernte ich, dass es Worte für die Freundschaft gab und für das Leiden, wenn das geliebte Wesen nicht mehr da war. Doch ich war nicht mehr als ein Platzhalter, und erst viel später begriff ich, was er mir erzählt hatte.

Nach dem dritten Trimester lernte ich Leo kennen. Er schloss damals sein Geschichtsstudium ab und hatte bereits einen Arbeitsvertrag bei der größten Bank von Norwich unterzeichnet. Ich weiß nicht, aus welchem Grund ich diesen Lesezirkel besuchte. Ich war eher misstrauisch gegenüber einer Veranstaltung, die mir vorkam wie ein Zeitvertreib für unausgelastete Ehefrauen von Provinznotablen, die ein wenig Kultur schnuppern wollen. Doch der Zirkel wurde von Mr. Porree geleitet, meinem Professor für Theaterwissenschaft. Seine Vorlesungen über *King Lear* … Heute weiß ich, warum seine Ausführungen über die Verzweiflung eines greisen Mannes, der allein über die Heide irrt, mich geradezu schockiert hatten: Shakespeare lehrt uns die Macht der Worte, jener Worte, an die ich nicht mehr glauben wollte. Damals hätte ich lediglich eingeräumt, dass ich eine gewisse Bewunderung für diesen Professor hegte. Verständlicherweise – denn Porree stand im Ruf, ein aufsteigender Stern des literarischen und akademischen Establishments zu sein. Und sein Lesezirkel war angesagt. An jenem Abend wollte er über den Begriff der Verantwortung in einigen großen Romanen sprechen.

Nach seiner Darlegung wurde die Diskussion eröffnet, ein junger Mann erklärte seinen Standpunkt. Schüchtern, mit unsicherer Stimme, drückte er seine Zweifel an der Idee der Willensfreiheit aus. Man könne sie seiner Ansicht nach nicht auf die großen Gestalten in der Literatur anwenden. Er entwickelte das Gegenteil dessen, was ich dachte, führte den Begriff des Schicksals an, sprach vom Verhängnis, das auf den Protagonisten moderner Romane ebenso laste wie auf den Helden der griechischen Tragödien.

»Alles ist von vornherein festgelegt. Interessant ist nur die Art und Weise, wie wir uns schlagen. Aber es gibt keinen Zweifel, wie die Sache ausgeht.«

»Ihr Pessimismus ist bemerkenswert. Mich würde interessieren, ob Sie diese Vorstellung von einem *Fatum* auch auf Ihr eigenes Leben anwenden oder nur auf die Literatur?«

Die Gegenfrage von Professor Porree rief Unruhe unter der Zuhörerschaft hervor, vereinzelt sogar Gelächter. Die einzige Erwiderung des jungen Mannes war, dass er errötete, und Porree wechselte das Thema.

Einige Studenten beendeten das Seminar im nächsten Pub. Ich folgte ihnen und fand mich neben dem jungen Mann wieder. Er stellte sich vor und errötete dabei von Neuem.

»Leo. Aus Colchester. Und du? Du bist nicht von hier, wenn ich nicht irre?«, fragte er mich, nachdem er sich ein Pint bestellt und sich über mich lustig gemacht hatte, weil ich lieber *Ginger Ale* trank.

»Trinkst du nie?«

Ich schüttelte den Kopf, denn ich hatte mich an dem Ginger Ale verschluckt und einen Hustenanfall bekommen. Das Schauspiel schien Leo zu amüsieren. Mich hingegen warf diese einfache Frage mal wieder fünfzehn Jahre zurück. Trinken … Wenn dieser Mann beim Geburtstagsessen seines Großmütterchens nicht mindestens sechs Gläser Wein und einige Gläser Champagner gebechert hätte, wenn er nicht mit zwei Promille Alkohol im Blut in der Mitte der Fahrbahn gefahren wäre, würde meine Schwester noch leben.

»Was ist los mit dir?«

»Nichts, nichts. Es prickelt, das ist alles. Die Kohlensäure, meine ich.«

Als Leo sein Pint getrunken hatte, entschuldigte er sich, er müsse nach Hause. Dann sagte er noch, die Hand schon am Türgriff des Pubs:

»Hast du Lust, morgen Abend mit mir in den Filmclub zu gehen? Sie zeigen einen französischen Film. Er wird mich an meine letzten Ferien in der Bretagne erinnern.«

»Einverstanden.«

Der Film war nicht in der Bretagne gedreht worden, wie Leo geglaubt hatte, sondern in Nordfrankreich. Die meiste Zeit bestand die Szenerie aus großen Sandstränden und grauen Wolken am Horizont. Eine Geschichte von zwei Brüdern, die mit dem brutalen Tod des älteren endete. Der Film war misslungen, aber aufrichtig, und als wir aus dem Kino kamen, war Leo sichtlich gerührt. Er verabschiedete sich und lief sofort los: »Ich muss mich beeilen. Es wird gleich regnen. Wir telefonieren.«

Schon am nächsten Tag klingelte mein Telefon, und wir sahen uns immer öfter, immer im Pub. Die meiste Zeit stand Leo schweigsam vor seinem Glas Bier. Ich vermied von nun an, kohlensäurehaltige Getränke zu bestellen, doch unsere Unterhaltung war nie sehr lebhaft. In den langen Pausen zwischen zwei Sätzen starrte Leo mich häufig an, forschte fast in meinem Gesicht. Manchmal verlor sich sein Blick, und ich fragte mich, ob er den Gesprächsfaden wiederfinden würde. Er hatte schöne, sehr dunkle graue Augen, kurzes blondes Haar ohne besonderen Schnitt und eine Haut, die immer verriet, wie er sich gerade fühlte.

Er war in Colchester geboren, ungefähr hundert Kilometer südlich von Norwich, und studierte Geschichte und Französisch. Einmal im Jahr fuhr er zu seinen Eltern, die ein Ladengeschäft führten. Darüber hinaus wusste ich nicht viel von ihm, und er kaum mehr von mir.

»Weißt du noch, der Film, den wir im Filmclub gesehen haben …«

»Ja, ich erinnere mich.«

»Ich weiß nicht, ob du das verstehen kannst, eigentlich weiß ich gar nicht, wie ich es dir sagen soll, aber der Film hat mich auf eine sehr persönliche Art betroffen, sagen wir …«

An jenem Abend fand Leo die Worte, die ich noch immer suche. Stundenlang erzählte er mir vom Tod seiner älteren Schwester, die an einer Hirnhautentzündung gestorben war. Es wäre übertrieben zu sagen, er hätte gewirkt, als fühlte er sich bei seiner Erzählung wohl, denn er wendete häufig den Kopf ab, und ich sah Tränen in seinen Augen, er räusperte sich, und sein Gesicht überzog sich mit roten Flecken. Doch allein die Tatsache, dass es ihm gelang, sich mir in einem ununterbrochenen Wortschwall anzuvertrauen, war für mich ein Wunder – ich wusste einfach nicht, was ich sagen sollte.

»Es gibt nichts zu sagen. Das Leben geht weiter. Mir bleiben noch zwei Kinder.« Die Worte meiner Mutter hallten noch immer in meinem Kopf wider und untersagten es mir – die Macht der Gewohnheit –, Leo zu antworten. Ein über so lange Jahre auferlegtes Schweigen wird nicht im Laufe eines Abends im Pub gebrochen. Dennoch wusste ich, dass ich kurz davor war, etwas preiszugeben, ich wusste jetzt, dass ich das alles eines Tages loswerden musste – Leo hat mir damals den Weg gezeigt. Dass er sein Geheimnis mit mir teilte, war für mich ein trauriges Wunder, aber ich schämte mich, weil es mich auch mit so viel Freude erfüllte. An jenem Abend gingen wir spät auseinander.

Mein Wörterbuch wurde um eine Vokabel reicher: Freundschaft. Nach und nach wurde dieses Wort mein einziger Daseinsgrund, und wir beide wurden unzertrennlich. Wir verbrachten lange Abende zusammen im Kino oder im Pub. Manchmal kam Leo auch wieder auf seine Familiengeschichte und den Tod seiner Schwester zu sprechen, doch meistens sprachen wir über alles und nichts. Er mehr als ich. Wir hatten beide ein unersättliches Bedürfnis, einander zu entdecken. Die Bücher, die wir gelesen hatten, die Filme, die wir geliebt hatten, die Musik, die wir hörten. Alles schien uns einander näher zu bringen. Wenn Leo für eine Woche zur Arbeit nach London fuhr, was immer häufiger vorkam, schrieb er mir lange Briefe.

Anfangs, so gestand er, um seine Einsamkeit in London zu überbrücken und Ersatz zu schaffen für unsere gemeinsamen Abende und endlosen Diskussionen. Dann nutzte er diese Korrespondenz immer mehr, um auf ein Argument zurückzukommen, eine Unstimmigkeit zu klären oder um unseren Austausch zu vertiefen. Nach einigen Monaten – ich hatte bereits einen hübschen Stapel Briefe von ihm in einer Schublade gesammelt – änderte sich der Ton seiner Schreiben. Seine Briefe wurden immer ausgefeilter und verloren ihren anekdotischen Charakter. Ein solches Talent zum Briefeschreiben hatte ich ihm nicht zugetraut: In manchen sprach er von der unmöglichen Trauer um seine Schwester, in anderen über seine Eltern und seine Schwierigkeiten, mit ihnen darüber zu sprechen. Wieder andere erzählten von seiner Einsamkeit. Schließlich gaben mir seine Briefe vor allem das Gefühl, dass er ebenso von mir sprach wie von sich. So viele Dinge, die ich nicht einmal in meinem tiefsten Inneren zu formulieren wagte, wurden darin schlicht und klar ausgedrückt. So viele Gefühle, denen ich keinen Namen geben wollte, wurden erklärt, analysiert. Leo gelang es, so von seinem Leben zu erzählen, dass ich mich darin wiederfand. Seine Geständnisse waren zugleich Offenbarungen über meine eigene Geschichte, von der er nichts oder so gut wie nichts wusste. Ich blieb ungläubig, sprachlos und antwortete ihm mit kurzen Schreiben, in denen ich ihn meiner Freundschaft versicherte. Doch ich konnte mich ihm noch immer nicht anvertrauen. Seine Geschichte hatte meine verdrängt. Er machte mir nie einen Vorwurf daraus, doch heute denke ich, dass ihn die Zurückhaltung in meinen Antworten bedrückt haben muss. Unsere Geschichten waren sich so ähnlich, ich hatte das Gefühl, es gäbe nichts hinzuzufügen.

Während der Trimester trafen wir uns täglich, doch weder Leo noch ich kam in diesen Zeiten mit anderen Studenten zusammen. In London und Colchester verabredete er sich manchmal mit Freunden, in Norwich hatte er nur mich. Oft redeten wir kaum. Angesichts unserer gemeinsamen Einsamkeit wog das Schweigen nicht schwer. Ich dachte, wir seien glücklich.

III

Zu Beginn des folgenden Jahres teilte mir meine Mutter eines Abends am Telefon mit, ihr älterer Bruder, mein Onkel József, sei unheilbar an Krebs erkrankt.

Mit ihr darüber zu sprechen war unmöglich, Rückfragen waren nicht erlaubt.

Der Herr hat es gegeben. Der Herr würde es nehmen.

Punkt Schluss.

Bei der Vorstellung, dass dieser Bibelvers einmal mehr mein ganzes Leben einnehmen würde, bei der Vorstellung, dass niemand auf meine Wut oder meine Fragen reagieren würde, legte ich die Hand auf mein Geschlecht, um mir Lust zu verschaffen. Am Leben bleiben. Es kommen lassen. Bei aller Scham, etwas Besseres fiel mir nicht ein.

József – Onkel József – war der einzige Junggeselle in meiner Familie. Als er nach dem Krieg nach Frankreich kam, suchte er sich nicht die Champagne aus wie meine Eltern, sondern ließ sich in Montpellier nieder in einer kleinen Zweizimmerwohnung hinter der Oper in der Rue des Étuves. Tagsüber unterrichtete er dort am Lycée als Geschichtslehrer, abends las er Bücher und hörte Musik. Dachte ich zumindest.

Ich war sechzehn, als meine Eltern mir vorschlugen, ich

solle nach meinem üblichen Aufenthalt in England den Rest der Ferien bei ihm im Süden verbringen und mich »von Regen und Pfefferminzsoße erholen«, wie meine Mutter es ausdrückte, die nicht im Geringsten bereit war, ihre Vorurteile gegenüber Engländern abzulegen. Ich hatte es nicht unbedingt nötig, aufgepäppelt zu werden, aber der Gedanke, einige Zeit bei meinem Onkel zu verbringen, weckte Vorfreude in mir. Insgeheim hoffte ich, er würde mir bestimmte Fragen beantworten, mit denen ich bei meinen Eltern auf taube Ohren stieß, vielleicht würde er mir auch einfach von seiner Kindheit in Ungarn erzählen. Dieses Land war ein blinder Fleck in der Geographie unserer Familie, und wenn ich meine Mutter drängte zu erzählen, wiederholte sie nur eintönig, »das alles ist lange her«, und von meinem noch schweigsameren Vater war schon gar nichts zu erwarten. Merkwürdigerweise konnte ich nicht sagen, was ich gerne gewusst hätte, so sehr schüchterte mich dieses Schweigen ein. Deshalb hoffte ich auf meinen Onkel.

Als ich im Bahnhof von Montpellier ankam, hatte József mich vergessen. Nachdem ich fünf Minuten in der Bahnhofshalle gewartet hatte, beschloss ich, die Rue de Verdun hinaufzugehen. Ich überquerte jenen merkwürdigen großen ovalen Platz, den die Leute aus Montpellier *das Ei* nennen, dann bog ich links ab in die Rue des Étuves, wo mein Onkel in einem Haus direkt neben der Buchhandlung Molière wohnte. Auf dem Weg nach oben hörte ich ab dem dritten Stock Musik im Treppenhaus. Ich wusste nicht, dass es die Mozart-Sonate *Alla Turca* war, erst Jahre später erfuhr ich den Titel, damals war es nur irgendein Musikstück für mich. Erst als ich im vierten Stock ankam, bemerkte ich, dass sich in die leichten und schnellen Klavierklänge noch andere Geräusche mischten: Röcheln, Stöhnen, dann das Flüstern einer tiefen Stimme. Ich klingelte lieber nicht, stieg langsam die vier Stockwerke wieder hinunter, machte kehrt in Richtung *Ei* und setzte mich in das erstbeste Café.

Zwanzig Minuten später sah ich meinen Onkel aus der Haustür kommen und die Straße hinabeilen. Als er auf Höhe des Cafés angekommen war, in dem ich Stellung bezogen hatte, bemerkte er mich nicht und schickte sich an, den Platz zu überqueren. Offenbar wollte er schnurstracks zum Bahnhof. Ich rief »Onkel József!«, er drehte sich um, sichtlich überrascht, kam zögernd näher, umarmte mich dann und fragte: »Du bist also schon da?«

Ich könnte nicht behaupten, dass ich mir nach diesem Zwischenfall viele Fragen gestellt hätte. Ich war schlau genug, um den sexuellen Charakter der Geräusche begriffen zu haben, aber zu unschuldig, um sie richtig zu interpretieren: Die tiefe Stimme, die ich gehört hatte, war nicht die Stimme meines Onkels gewesen.

Jetzt würde Onkel József also sterben. Er würde seine Schüler und seine Kollegen im Lycée Foch nicht mehr mit seinen geistreichen Bemerkungen, seinem bissigen Humor zum Lachen bringen, keine abschließenden Urteile über den Lauf der Welt mehr fällen und dabei das *R* leicht rollen, keinen Orgasmus mehr haben und dabei Mozart hören. Als meine Mutter mir die Nachricht mitteilte, stand für mich fest, dass sein Magenkrebs ihn innerhalb von drei Monaten dahinraffen würde. Noch heute ärgere ich mich über mich selbst, dass ich damals nicht sofort ins Flugzeug gestiegen bin, dass ich nicht den Mut aufgebracht habe und ein letztes Mal die vier Stockwerke in der Rue des Étuves hinaufgeklettert bin, als er noch lebte.

Ich machte diese Reise erst, um an seiner Beerdigung teilzunehmen und mein Erbe anzutreten: ein paar Klavierpartituren und einen kleinen Koffer voll mit seinen Lieblingsromanen. Einige Wochen nach meiner Rückkehr nach England entschloss ich mich, in den Lesekreis von Professor Porree zurückzukehren. Die Gruppe war gewachsen, einige Gesichter kannte ich noch nicht. Laura hörte ich zuerst, bevor ich sie sah. Hatte Leo meine Aufmerksamkeit durch seine schüchtern vorgebrachten Fragen erregt, so war es bei Laura ihr Lachen. Ein kristallklares Lachen, das sich in aufsteigender Linie entfaltete, herrlich, mit einem silbernen Klang, in dem ich noch heute ein Echo der *Zauberflöte* höre, über die József so gerne sprach. Ein Lachen ohne Komplexe, dennoch elegant und voller Leben.

Nach dem Seminar ging ich mit ihr einen trinken wie einige Monate zuvor mit Leo. Ich weiß nicht, was Laura in mir sah. Sie redete die ganze Zeit, während ich mich damit begnügte, eine Cola nach der anderen zu bestellen und ihren Wortschwall mit einsilbigen Bemerkungen zu rhythmisieren. Ob Laura sich wohl noch an diese ersten Augenblicke erinnert oder ob Hass und Verzweiflung nun alles ausgelöscht haben? Nach ein paar Verabredungen mit ihr, bei denen ich kaum den Mund aufgemacht hatte, kehrte ich nach Frankreich zurück, um mich vor den beiden entscheidenden Prüfungswochen des letzten Trimesters zu erholen.

Vierzehn Tage und vier oder fünf Briefe später holte sie mich am Bahnhof Waterloo ab; als ich sie direkt hinter der Passkontrolle erblickte, wusste ich, dass diese Briefe für mich gesprochen hatten. Ich hatte einen Sieg errungen. Aber womit? Ich hielt es für besser, nicht daran zu denken. Ich war nur gespannt: Noch am selben Abend sollte ich die Belohnung erhalten, Laura.

Ich liebte Laura von dem Moment an, als ich ihr Lachen hörte. Ein solches Gefühl kann der Verstand nicht durchdringen. Es bleibt ein Rätsel: Ein Mann ist überzeugt, ein Wesen, von dem er nichts weiß, könne ihn retten. Ohne dass ein Wort gefallen wäre.

Ihr Körper war anschmiegsam und freigebig wie ihr Lachen. Wortlos führte sie mich zu sich, umschloss mein Geschlechtsteil mit einer Wärme, von der ich nichts geahnt hatte, um es zu besitzen, zu überschwemmen und langsam die Lust zu steigern.

Es war der 15. Mai, und ich hatte begriffen, dass der Körper einer Geliebten allen Raum einnehmen kann, den das Leben einem schenkt. Am folgenden Vormittag stellte ich fest, dass auf den Tag genau fünfzig Jahre zuvor meinem Vater eine ganz andere Lektion erteilt worden war: Seine Mutter war gestorben. Sie hatte sich erbarmungslos und endgültig von der Welt zurückgezogen. Lautlos. Doch mein Körper, der taub war vor Lust, ließ diesem Gedanken keinen Raum, verscheuchte ihn schnell. Wir liebten uns noch einmal. Lautlos.

Im November feierten wir in Frankreich unsere Verlobung. Die Verständigung zwischen unseren Familien war mühevoll. Lauras Vater sprach ein wenig Französisch, ansonsten gab ich den Übersetzer, es war eine zähe Angelegenheit. Bemerkte sie mein Unbehagen? Ich hatte keinerlei Lust, zu jener Sprache zurückzukehren, sie war nicht mehr die meine. Leben konnte ich nur noch auf Englisch, *to live*. Und ich wollte mich nicht an die Vergangenheit erinnern, in der »leben« ein französisches Verb war, das ich nicht im Präsens konjugieren konnte.

Dem verwaltungstechnischen Hickhack, das unsere kirchliche Eheschließung hinauszögerte, versuchte ich so wenig Bedeutung wie möglich beizumessen, und noch heute verschwimmen diese langen Monate des Wartens in meinem Gedächtnis. Ein Pfarrer der anglikanischen Kirche, der High Church, um genau zu sein, der einzigen, die für Lauras Familie in Frage kam, erklärte uns schließlich zu Mann und Frau. Ihre Eltern allerdings beäugten die Verbindung ihrer einzigen Tochter mit einem Ausländer von ungewisser Herkunft und laxer Glaubenseinstellung misstrauisch.

Mir war das gleichgültig, ich wollte sie, ihr Lachen, ihr pausenloses Geplauder, ihren belustigten oder wegen eines Nichts erzürnten Blick und alles andere, alle unsere Nächte.

Ich gestehe, dass es mich kurz amüsiert hatte, als Lauras Vater fragte: »Welcher Kirche gehören Sie genau an?« Sein verkniffener Mund verriet seine Verlegenheit und den angestrengten Willen, höflich zu bleiben gegenüber diesem dahergelaufenen Kerl, der seine Tochter heiratete

– doch seine Frage ließ mir einige Nächte lang keine Ruhe. »Eigentlich gehöre ich keiner Kirche an. Wie Sie wissen, sind in Frankreich Kirche und Staat streng getrennt. Ich habe keine religiöse Erziehung erhalten, bei uns zu Hause sprach man wenig über dieses Thema.«

Lauras Vater glaubte mir nicht, das sah ich ihm an, doch ich sagte die Wahrheit. Die Fragen, die ich an meine Eltern gerichtet hatte, besonders als ich verstehen wollte, warum ich mittwochs nicht mit den anderen Kindern aus meiner Klasse zum Katechismusunterricht gehen durfte, waren durchwegs unbeantwortet geblieben. »Du hast dort nichts zu suchen, Schluss.«

Ich war ein folgsamer Knabe, und genaugenommen nicht sehr mutig. Ich verstand vor allen Dingen eines: Wenn ich Antworten wollte, musste ich sie anderswo suchen als in Bar-sur-Aube. Denn der Tod meiner Schwester hatte auch diese Tür zugeschlagen. Das Thema Religion war mit einer knappen Formel aus zwei Verben beiseitegeschoben worden. Geben. Nehmen. Soviel József auch über mein *gemischtes Blut* scherzen mochte, es war zwecklos, ihn um weitere Erklärungen zu bitten. Er versteckte sich hinter seinem Prinzip: »Das alles ist sowieso nicht so wichtig. Und wenn es doch wichtig sein sollte, dann müssen deine Eltern es dir erklären.« Ob er wusste, dass sie seit jenem Oktobernachmittag *das alles* aus ihrem Leben ausgeblendet hatten?

Erst in der Abiturklasse begriff ich, dass mein Vater dieses »Der Herr hat es gegeben, der Herr hat es genommen« nicht erfunden hatte. Im Philosophieunterricht wurde Hiob für mich zu einer der Gestalten, die wie Sisyphus das

Schicksal als ein unabwendbares Verhängnis akzeptierten. Onkel József hatte mir bereits von den großen Geschichten der Bibel erzählt, auf die sich die großen Schriftsteller bezogen, nun machte mir mein Philosophielehrer deutlich, dass die gründliche Kenntnis der Bibel unerlässlich sein würde, wenn ich Literatur studieren wollte. Aber was war mit Hiob?

Ein paar Tage später ging ich in die kleine Buchhandlung von Bar-sur-Aube. Ich kannte mich dort gut aus, denn ich verbrachte regelmäßig einen Teil meiner Samstagnachmittage damit, in den Regalen zu stöbern, und manchmal unterhielt ich mich mit dem Buchhändler, der wusste, dass ich den Großteil meines Taschengelds bei ihm ausgab. Der Laden war klein und vollgestopft mit Büchern. Oft drohten die Bücherstapel mir auf die Füße zu fallen. Wenngleich in den Regalen ein Anschein von Ordnung herrschte – Romane, alphabetisch geordnet, an der linken Wand, Gedichte an der Rückwand im hinteren Teil des Ladens, alles andere ein wenig durcheinander rechts neben dem Eingang –, so türmten sich auf dem Boden Bücherstapel in unterschiedlicher Höhe. Der schmale Durchgang zwischen den Regalen und diesen Stapeln machte es schwierig, sich im Laden zu bewegen – und mehr als einmal stieß ich einen dieser Türme von Babel um – Herr Stobetzky wusste jedoch immer, oder fast immer, wo er ein Buch fand, das er mir zeigen wollte. Der kleine grauhaarige Mann mit den zerknitterten Hemden und der über die Stirn geschobenen Brille hatte für mich schon Hunderte von Werken aus seinem Geschichtenlager geholt, wie er seine Buchhandlung gerne nannte.

Als ich verkündete, dass ich eine Ausgabe der Bibel suche, machte er zuerst ein erstauntes Gesicht: »Die Bibel? Habt ihr denn keine zu Hause?«, und versuchte dann mich davon zu überzeugen, eine billige Ausgabe zu bestellen, die er nicht auf Lager hatte. Ich beharrte darauf, die Jerusalemer Bibel zu kaufen, es erschien mir gerechtfertigt, schließlich beharrte jeder darauf, dass die Bibel kein Buch wie jedes andere sei; außerdem war ich ungeduldig und wollte nicht warten. Nach einer Woche kehrte ich in den Buchladen zurück, diesmal, um ein Hebräisch-Lehrbuch zu erwerben. Denn noch bevor ich das Buch Hiob in diesem tausendseitigen Werk überhaupt aufgeschlagen hatte, war ich über eine Bemerkung auf der Titelseite gestolpert: »aus dem Hebräischen übertragen von …« Natürlich hatte ich keine Ahnung von den Polemiken zur Bibelübersetzung, die sich durch die Jahrhunderte zogen, ich hatte nicht die geringste Vorstellung, worum es dabei ging, nur Misstrauen gegenüber diesem »übertragen von …«. Tagsüber sprachen meine Eltern mit mir in einer Sprache, die nicht die ihrer Kinderträume war, ich hatte genug von diesem Filter, der mich um das Wesentliche brachte: ihre Gefühle. Alle waren sich einig, dass die Lektüre der Bibel eine entscheidende Entdeckung für mich sein würde, daher wollte ich keinen weiteren Mittler, dieses Mal wollte ich direkt zum Kern gelangen. Und wenn ich dazu Hebräisch lernen musste, dann würde ich eben Hebräisch lernen. Ich war fest entschlossen, und weder das Schulterzucken meiner Mutter, die damit ihre Sorgen angesichts meiner bevorstehenden Abiturprüfung ausdrückte, noch die Scherze des Buchhändlers – »Du weißt doch, wir hatten in unserer Region schon Rachi, ich weiß nicht, ob wir einen weiteren Talmudisten brauchen« – konnten mich von meinem Vorhaben abbringen: Ich lernte Hebräisch, und zwar ziemlich schnell und mit zunehmender Begeisterung, je weiter ich in meinem Lehrbuch fortschritt. Mich in diese unbekannte Welt einer Sprache ohne Vokale zu vertiefen, zu sehen, wie meine Hand Buchstaben von rechts nach links ins Heft malte, nach und nach eine Ahnung von der Vielzahl der Möglichkeiten und Geschichten hinter einem Wort zu bekommen versetzte mich in einen Rausch, ließ mich die Zeit vergessen. Ich war wie besessen von dieser Freude, von dieser anderen Welt, in die ich einzutauchen glaubte. Paradoxerweise verblasste der Eindruck, ich hätte mich auf etwas Fremdes und Neues eingelassen, sehr schnell vor dem Gefühl, endlich zu mir gefunden zu haben.

Ich verschob die Bibellektüre auf später … Ich schämte mich ein wenig vor Herrn Stobetzky, als er mich fragte: »Mal ehrlich, Gabriel, liest du wirklich alles, was du bei mir kaufst?« Ich spürte, dass meine Antwort – »Ja, so ziemlich« – ihn nicht zufriedenstellte, doch ich wusste nicht, was ich darüber hinaus sagen sollte. Mit Ausnahme der Bibel, vor der ich tatsächlich kapituliert hatte, las ich alle Bücher, die ich bei Stobetzky gekauft hatte. Seit Monaten besuchte ich ihn regelmäßig am frühen Samstagnachmittag, wenn er die Buchhandlung wieder öffnete. Ich musste die Zeit überbrücken, das bleierne Schweigen ausfüllen, das meine Eltern nach dem Mittagessen im Haus verbreiteten und das mir unerträglich geworden war. Über ein Jahr lang hatte die Bibliothek des Collège

Gaston-Bachelard auf den Hügeln über der Stadt meinen Lesehunger gestillt, doch bei fünf Büchern wöchentlich – mehr durfte man nicht auf einmal ausleihen – hatte die Bibliothekarin bald nichts mehr zu bieten. »Du solltest dich einmal mit Monsieur Stobetzky unterhalten, der den kleinen Buchladen an der Ecke der Place du Commerce führt«, schlug sie mir vor; es dauerte einige Wochen, bis ich ihrem Rat folgte. Sie hatte völlig recht: Dieser Mann, der mir anfangs ein wenig brummig vorkam in seinem staubigen Laden, verstand es schnell, meine Schüchternheit zu besiegen.

»Wie alt bist du eigentlich? Dreizehn? Vierzehn? Nimm es mir nicht übel, Gabriel, ich freue mich jedes Mal, wenn ich dich sehe, und noch mehr freut es mich, dass du so gerne liest. Doch manchmal frage ich mich, wie du zu dem Geld kommst, um all diese Bücher bei mir zu kaufen.«

»Was kann man hier schon tun außer lesen? Dafür bekomme ich Taschengeld von meinen Eltern.«

Stobetzky zog ein Gesicht, als wolle er sagen: »Eigentlich nicht so verkehrt.«

»Warum empfehlen Sie mir eigentlich ständig deutsche Autoren?«, fragte ich ihn. Denn auf seine Empfehlung hin hatte ich gerade Stefan Zweig und Joseph Roth gelesen.

»Erstens handelt es sich meist um Österreicher. Zudem um Juden. Das ist nicht ganz das Gleiche, auch wenn sie auf Deutsch geschrieben haben. Außerdem dachte ich, um einen Maupassant oder Zola würden sich deine Französischlehrer kümmern, dazu brauchst du mich nicht, hab' ich recht? Und dann liebe ich die Bücher von Roth und Zweig. Sie sind fast so etwas wie mein Zuhause. Eine Welt, die seit langem verschwunden ist. Es würde zu lange dauern, wollte ich es dir jetzt näher erklären. Aber da wir schon dabei sind: Wenn du einen Deutschen lesen willst, einen echten, dann nimm den hier«, sagte er und zog einen Band von Thomas Mann aus einem gefährlich wackelnden Stapel. Es war wohl *Joseph und seine Brüder*, aber er nahm es mir gleich aus der Hand und murmelte etwas wie: »Nein, für den Anfang ist das nicht das Richtige.« Schließlich fand er für mich eine Übersetzung von *Tonio Kröger*, und mit der Geschichte dieses traurigen und ein wenig einsamen Jungen begann meine Liebe zu Thomas Mann.

Stobetzky konnte nicht ahnen, dass ich einige Jahre danach mein Studium mit einer Doktorarbeit über Thomas Mann abschließen würde. Weder er noch ich konnte wissen, dass mich seine Empfehlung all die Zeit verfolgen und dass mich eines Tages ein großer Verlag um eine Neuübersetzung des *Doktor Faustus* bitten würde.

Der Übersetzungsauftrag fiel in die ersten Monate meines Zusammenlebens mit Laura. Es war eine umfangreiche Arbeit, verhältnismäßig gut bezahlt, und Lauras Gehalt als Kulturjournalistin gestattete uns ein sorgenfreies Leben – ganz zu schweigen von den großzügigen Geschenken ihrer Eltern, die auf jeden Fall ein wenig beruhigt waren, als man mir ein so anspruchsvolles Vorhaben anvertraute. Die Tage waren unbeschwert und vergingen rasch mit der Aussicht, am Abend wieder zusammen zu sein. Meist aßen wir vor oder nach einem Kinobesuch in der Kensington High Street oder in King's Road gemeinsam zu Abend.

Wenn Leo in London zu tun hatte, kam er uns ab und zu besuchen. Wir speisten dann zu dritt, aber selbst wenn Laura in regelmäßigen Abständen und länger als notwendig in der Küche verschwand, damit ich mich ungestört mit ihm unterhalten konnte, war ich frustriert und fühlte mich hin und her gerissen. Ich wäre Leo gerne zuvorgekommen und hätte die Frage beantwortet, die er nicht zu stellen wagte, doch ich schaffte es nicht. Die Leichtigkeit, mit der wir uns noch wenige Monate zuvor bei unseren langen abendlichen Zusammenkünften verstanden hatten, war dahin. Immer wieder verschob ich es, ihn in die Geheimnisse einzuweihen, die mir auf der Seele lagen.

Eines Abends stellte er uns Clare vor. Er hatte sie kennengelernt im Zug zwischen Norwich und London, wo sie als Dokumentarin für eine Literaturstiftung arbeitete. Nachdem sie dreimal hintereinander im Zug ihm gegenüber gesessen hatte, überwand sie den Schutzschirm, den Leo mit der Literaturbeilage der *Times* jedes Mal vor sich aufspannte, und sprach ihn an. Bis zu dem Tag, als er mich fragte, ob er sie zum Essen mitbringen könne, hatte Leo mir nichts von ihr erzählt.

Als ich an dem Abend die Tür hinter ihnen schloss, war ich verwirrt, doch ich hatte kaum Zeit, darüber nachzudenken. Laura rief mir zu: »Sie ist reizend, findest du nicht?« Dann zog sie mich an sich. Sonst hätte ich mich bestimmt gefragt, wie es Leo gelingen würde, Clare mitzuteilen, was er mir bereits anvertraut hatte. Wie würde er es anstellen, mit ihr zu sprechen? Ihr von seiner Familie, von seiner Schwester zu erzählen? Ich war nicht eifersüchtig. Ich hatte Laura, und ich freute mich aufrichtig für Leo, aber ich fragte mich, wie er das Problem lösen würde, an dem ich immer scheiterte. Lauras Unbeschwertheit und ihr Verlangen, sich an mich zu schmiegen, verjagten diese Gedanken.

In diesem Abschnitt meines Lebens hatte ich weniger Alpträume, aber sie verschwanden nicht. Sie folgten immer dem gleichen Muster, nur die Einzelheiten waren jedes Mal anders: Das Knirschen meiner Schritte auf dem Kiesweg, ein Sarg, der zu Grabe getragen wird, schließlich ich, auf einer Tribüne bei der Grabrede auf die Verstorbene. Wie oft hat mich dieser Traum aus dem Schlaf gerissen, wie oft stand ich vor dem leeren Grab oder hinter einem Rednerpult und rang um Worte? In wie vielen Nächten fühlte ich mich schuldig, weil ich, wenn auch nur im Traum, den Tod all der Menschen vorwegnahm, die mir etwas bedeuteten? Jedes Mal war es eine Grabrede auf David, Leo oder auch Laura, aber nie eine auf Marianne.

Unser Glück erwuchs aus nichts oder nichts Großartigem. Wir hatten einander gewählt, das genügte mir. Wenn es mir manchmal langweilig wurde, verstand Laura es rechtzeitig, meine Lust wieder zu wecken, und dann war alles andere wie weggeblasen. Laura respektierte auch mein Schweigen, und sie füllte die Leerstellen aus. Sie vollführte Bocksprünge mit der Logik, so dass es häufig kaum möglich war, ihren Erzählungen zu folgen, und fast ganz unmöglich wurde es, wenn sie wütend war. Aber für sie lagen die Dinge einfach. Auf ihre bürgerliche englische Kindheit – fast schon die Karikatur einer englischen Kindheit – schien sie einen ironischen, aber zärtlichen Blick zu werfen. Von den meisten Konventionen, die das Leben ihrer Eltern ordneten wie ein Notenblatt, hatte sie sich befreit, ohne dass ihre Zuneigung für sie darunter gelitten hätte. Ihr Ärger oder ihre Verstimmungen über die kleinen Unbilden des Lebens währten nie lange, und sie war sich des Privilegs bewusst, als verwöhntes Kind in einer wohlhabenden Familie aufgewachsen zu sein. Die Bürde von Geheimnissen, die heftigen Ausbrüche von Leidenschaften gehörten für sie ins Reich der Literatur. Gleichwohl entnahm ich ihren Erzählungen von dieser oder jener Episode aus ihrer Kindheit, wie sehr sie sich dessen bewusst war, dass das Gefühlsleben ihrer Eltern schwieriger gewesen sein musste, als die schöne Fassade es vermuten ließ. Doch sie hatte es verstanden, dieses makellose Dekor zu ihrem Vorteil zu nutzen, ohne sich je davon blenden zu lassen. Nach meinem Eindruck verschafften ihr diese Unbeschwertheit, diese Sorglosigkeit einen direkten Zugang zum Gefühl des Glücks, und häufig dachte ich, dass sie sich in mich verliebt hatte, um mir etwas davon abzugeben. Ohne darüber nachzudenken, wollte Laura mich zum Glück bekehren. Und bis zur Ankündigung ihrer Schwangerschaft war es ihr fast gelungen, ihre Mission zu erfüllen.

War der Wunsch, mich zu heilen, mich aus meiner krankhaften Einsamkeit herauszuholen, ein Grund ihrer aufkeimenden Liebe zu mir? Begleitet der Eifer, jemanden retten zu wollen, nicht immer unsere Liebesgefühle, ohne dass er sich je einen Weg bis an die Oberfläche unseres Bewusstseins bahnt, ohne dass wir uns dies je eingestehen?

Als ich mich nach fast zwei Ehejahren zu einer Reise nach Ungarn aufmachte, um an einem Kolloquium teilzunehmen, bei dem es um die Übersetzung von Thomas Mann ging, wurden wir zum ersten Mal getrennt. Während ich meine gebügelten und sorgfältig gefalteten Hemden in den Koffer legte, fielen mir die ewig zerknitterten Hemden von Stobetzky ein. Meinem alten Buchhändler in Bar-sur-Aube verdankte ich schließlich, dass ich auf Thomas Mann gestoßen war, und ohne ihn hätte man mich wohl nie zu einem *Workshop* am Plattensee eingeladen. Ich fand keine Zeit, Laura von diesen Erinnerungen zu erzählen – mein Flugzeug wartete nicht. Ich glaubte, ich hätte den Entschluss zu dieser Reise ganz aus vernünftigen Erwägungen gefasst. Es gab gute Gründe zu hoffen, dass der Ortswechsel mir helfen würde, einige Schwierigkeiten bei meiner Arbeit zu überwinden, wenn ich mit anderen Übersetzern nach Lösungen für die Probleme suchte, die sich bei der Übertragung dieses großen Romans in andere Sprachen auftaten. Außerdem würde ich damit der Einsamkeit meiner Tätigkeit entgehen. Doch das Seminar kam mir noch aus ganz anderen Gründen sehr gelegen. Es ermöglichte mir, Abstand zu Laura zu gewinnen, für einige Tage der Übersättigung zu entfliehen, die mich von Zeit zu Zeit beschlich. Ich brauchte einmal eine Auszeit von der schönen Automatik der Abläufe, die sich bei uns als perfektem Paar im Laufe der Monate eingespielt hatten. Ich stand ja zu meinem Entschluss, mich Laura anzupassen und ihre Überzeugung zu teilen, dass man sein Glück ohne Einschränkungen und Hindernisse leben könne. Gerne hätte ich das dumpfe Gefühl abgeschüttelt, die

Vorahnung, dass diese hübsche Fassade durch meine Zweifel bald Risse bekommen würde. Die Reise würde es mir ermöglichen, darüber nachzudenken – und außerdem wollte ich gerne nach Ungarn reisen, ohne mich dafür rechtfertigen zu müssen. Laura hatte allenfalls beiläufig mitbekommen, dass meine Eltern von »dort« stammten, dass sie aber nie mit mir über dieses »dort« sprechen wollten, und sie wusste nicht, was dieses Schweigen für mich bedeutete. Nein, ich würde nach Budapest reisen, um an einem Kolloquium mit Kollegen teilzunehmen. Ich machte mir selbst etwas vor. Der Vorwand erlaubte es mir, eine Reise anzutreten, von der ich immer geträumt hatte, ohne sie je in Angriff genommen zu haben.

Knapp einen Monat später holte Laura mich am Flughafen ab, und in der dichten Menge der Ankunftshalle von Heathrow glaubte ich schon von Weitem einen verärgerten Ausdruck auf ihrem Gesicht zu entdecken. Am Steuer des Wagens, den Blick starr auf die Straße geheftet, fragte sie nur, mit einer Stimme, die mehr Enttäuschung als Wut verriet: »Warum hast du mir nie geschrieben?«

Ich wusste nicht, wie ich mein Schweigen brechen sollte. In Budapest war meine ganze Vergangenheit, die ich längst für erledigt gehalten hatte, über mich hereingebrochen. Fragen und Ungewissheiten, über die ich noch mit niemandem gesprochen hatte. Der Aufenthalt an der Donau war nötig gewesen, um zu begreifen, dass ich nicht das unbeschriebene Blatt war, auf das wir die Geschichte unserer Ehe hätten schreiben können. Diese Illusion war in Ungarn zerplatzt. Denn dort holte mich, wenn auch auf eine noch wirre, irrationale Weise, eine andere Geschichte ein: Dieses Land hatte mit mir zu tun, und die Orte, an denen meine Mutter geboren war und gelebt hatte, waren keine x-beliebigen Orte.

Bei den wenigen Gelegenheiten, über meine Familie zu sprechen, die sich ergaben, wenn Laura mich danach fragte, hatte ich stets geantwortet, Familiengeschichten würden mich nicht interessieren. Meine Antworten hätten aus einer vorgefertigten Rede stammen können über das Thema: »Mein Abscheu gegen die Mode, unseren Wurzeln übergroße Bedeutung beizumessen – als ob wir Pflanzen wären«. Vor dem Abgrund, der mich von Laura trennte, wog mein Glaubensbekenntnis »Ich bin kein Baum« nicht mehr viel. Eine Welt hatte sich zwischen uns aufgetan, eine Welt, von der sie nicht das Geringste ahnte, die meine Gedanken, meine Tage, wahrscheinlich mein ganzes Dasein ausfüllte, für die ich jedoch keine Worte hatte.

Ich frage mich jeden Tag, was Laura nun von mir hält. Bin ich in ihren Augen verrückt oder nur feige? Wie erklärt sie sich mein hartnäckiges Schweigen? Am Tag meiner Rückkehr begriff sie, dass in diesen vier Wochen in Ungarn etwas Wichtiges geschehen war. Ein Monat ohne Nachricht von mir – abgesehen von einigen kurzen und schwierigen Anrufen aus der Telefonzelle des Übersetzerzentrums am Plattensee. »Ich melde mich nur kurz, hier warten so viele, die noch telefonieren wollen. Alles in Ordnung bei dir?« Kein Brief, keine Zeile von mir, nicht einmal eine Postkarte. Ich konnte einfach nicht.

Unsere Beziehung gründete auf dem, was sie von mir

zu wissen glaubte, und ihr Vertrauen beruhte auf jenen langen Briefen, die ich ihr, vor unserer Verlobung, aus Frankreich geschrieben hatte. Diese Briefe, in denen ich mich – dem Anschein nach – vor ihr entblößt hatte, obwohl wir uns kaum kannten. Jetzt, nach zwei Jahren Ehe, konnte ich ihr nur noch mein Schweigen mitteilen.

In den Beifahrersitz gesunken, den Blick nach vorn gerichtet, brachte ich nicht das geringste Wort heraus. Die Erinnerung an ein anderes Schweigen überwältigte mich so sehr, dass ich Lauras Frage darüber beinahe vergaß. Die Erinnerung an einen kleinen zehnjährigen Jungen, der seiner Mutter beim Tischdecken helfen wollte. Fünf Gedecke, wie immer. Aber wir waren nicht mehr zu fünft. Ein paar Monate zuvor hatte ein Polizist an der Haustür geklingelt und eine Subtraktion verkündet, die ich nicht zur Kenntnis nehmen wollte: fünf weniger eins. Was abgezogen werden musste, wurde von meiner Mutter stumm in die Küche zurückgetragen. Und dieses Schweigen schnürte mir die Kehle zu.

Ich brachte es nicht fertig, Laura von diesem kleinen Jungen zu erzählen, dessen Herz zersprang, weil es einen Teller zu viel und eine Schwester weniger gab. Es war undenkbar, ihr von meinem Aufenthalt in Ungarn zu erzählen. Auf der Fahrt nach Hause war ich wieder überzeugt, dass ich in den Wörterbüchern, die sich auf meinem Schreibtisch stapelten, keine Worte finden würde, die treffend und würdig genug wären, um vom Schweigen meiner Mutter zu erzählen. Ein beispielhaftes Schweigen, das einem kleinen Jungen zu schweigen befahl, sogar zwanzig Jahre danach noch.

Ich weiß nicht, ob wir wirklich erwachsen werden, ob das Leben uns verändert, uns ermöglicht zu verstehen. Wie soll man ein Leben deuten, das abbricht wie eine Geschichte mit offenem Ausgang, wie ein unvollendeter Roman?

IV

Ich hätte versuchen können, versuchen müssen, und sei es stotternd, ihr von dem Moment zu erzählen, als die Unruhe mich erfasste. Ich war nach Budapest gereist, um über die Schwierigkeiten beim Übersetzen der mäandernden Sätze zu sprechen, die charakteristisch für das erlesene Deutsch Thomas Manns sind, doch ein Grab, das ich auf einem Friedhof der Stadt sah, verdrängte alles, was ich zu diesem Thema sagen wollte: Auf dem Grabstein stand der Name meines Großvaters. In meiner Kindheit hatten meine Eltern hinter meinem Rücken Ungarisch gesprochen, und abgesehen von ein paar Versuchen mit einem sonntäglichen Coq au vin war die Küche meiner Mutter ebenfalls magyarisch und habsburgisch: *Pörkelt*, *Leczö*, Kümmelsuppe, ebenso wie Linzer Torte und Quarkstrudel. Mein Wissen über Ungarn war also weniger familiär als vielmehr kulinarisch. Natürlich wusste ich, dass meine Großmutter mütterlicherseits aus Österreich stammte, doch über die Familie meines Großvaters hatte meine Mutter nie etwas verraten wollen. Dieses Kolloquium erlaubte es mir, endlich in dieses wieder frei gewordene Land zu reisen, das meine Eltern trotz allem auf der Landkarte Europas ausradiert hatten, um nicht in Versuchung zu geraten, ihr Gelübde zu brechen, nie mehr dorthin zurückzukehren.

Kerepesi Temetö. Der Friedhof war eine Station im touristischen Pflichtprogramm unserer kleinen Übersetzergruppe vor der Busfahrt zum Plattensee. Wir waren zu fünft, eine Niederländerin, ein Finne und ein Italiener, dazu unser ungarischer Kollege und ich. Die Ausflüge auf den Burgberg von Buda, der Blick über die Donau und auf das Parlament, die Spaziergänge über die Kettenbrücke und die Andrássy-Straße hatten in mir das Gefühl von etwas Unabgeschlossenem hinterlassen: Die Stadt war ohne Frage schön, doch irgendetwas in mir widersetzte sich der Vorstellung, sie im Sauseschritt zu durcheilen in Begleitung von Unbekannten – »Kollegen« genannt –, die nichts über mich wussten. Ich hatte nicht die geringste Lust, mit ihnen über mein Befinden zu sprechen. Das war nicht meine Sache. Ebenso wenig teile ich die Faszination der Touristen aus aller Welt durch Friedhöfe. Ich finde es vulgär, Orte zur Schaubühne zu machen, an denen täglich Menschen ihren innersten Schmerz offenbaren, wenn sie bei der Trauerfeier an das offene Grab treten. Friedhöfe schreiben die stumme Geschichte unserer Seelenpein und unserer Abschiedsschmerzen, Besuche aus Neugier und Spaziergänge gehören eigentlich verboten. Verärgert über die Situation und die Zwänge dieser Gruppenreise, gelang es mir nicht, meine Gedanken zu sammeln, als wir den Kerepesi Temetö betraten, und ich verlor kein Wort, weder zu den Gräbern der ungarischen Nationalhelden Lajos Kossuth, Ferenc Deák und Lujza Blaha noch zur Abteilung 2, wo die Märtyrer des Aufstands von 1956 begraben liegen. Die Wut war bereits dem Überdruss gewichen, als ich bemerkte, dass wir im jüdischen Teil des Friedhofs angekommen waren. Ich versuchte, mich zu orientieren, ohne auf die ständigen Kommentare unseres jungen Fremdenführers zu achten: Wir hatten uns nach Osten gewandt. Zwischen all den Gräbern, die ich unwillkürlich betrachtete, obwohl ich mich für meinen Voyeurismus schämte – einige vom Jugendstil inspirierte Grabmale fand ich jedoch durchaus schön –, sprang mir plötzlich sein Name entgegen, zog meinen Blick an, nagelte mich an meinem Standort fest. Karel Roth. Der Name meines Großvaters. Ein Davidstern, zwei Daten. »Folgen Sie mir!«, rief mir der Fremdenführer zu.

Es war nicht das Grab meines Großvaters, das ich dort gesehen hatte. Bestimmt handelte es sich um eine Namensgleichheit. Mein Großvater war in Österreich auf einem kleinen Friedhof in Klagenfurt und mit dem Segen der Kirche begraben worden, wie meine Mutter ausdrücklich auf der Todesanzeige vermerkt hatte. Die Rückkehr in sein Heimatland war ihm verwehrt geblieben. Es tröstete mich beinahe zu wissen, dass ein anderer Karel Roth an seiner Stelle hier in Ungarn begraben war, in jenem Ungarn, das meine Mutter aus unserer Geschichte streichen wollte.

Im jüdischen Teil des Kerepesi Temetö.

Während ich gedankenlos unserer kleinen Besuchergruppe folgte und mit ihr den Friedhof verließ, wird der Name meines Großvaters, den ich auf einem Grab gesehen hatte, das nicht seines sein konnte, von einem anderen Bild überblendet: Ein Sarg wird an knarrenden Seilen in ein Grab hinabgelassen. Die Arbeiter des Bestattungsunternehmens ziehen sie, wie mir scheint, ein wenig zu schnell nach oben, bevor sie mit einer lächerlichen Geste, zu Ehren eines leblosen Körpers zwei Meter tiefer, ihre Mützen abnehmen. In diesem Augenblick begreift man, dass es wirklich zu Ende ist.

In den Augen meiner Reisegefährten war ich nicht sehr gesprächig, und ich nahm ein Übersetzungsproblem beim *Doktor Faustus* zum Vorwand, das mir durch den Kopf ging, und zwang mich sogar zu lachen, um ihnen etwas von einer angeblichen Besessenheit zu erzählen. »Wissen Sie, manchmal kann ich drei Nächte hintereinander nicht schlafen, wenn ich ein Wort nicht finde.« Doch hier ging es nicht mehr um Wörter. Unter meinen Füßen hatte sich der Boden aufgetan: Ich stand wieder vor dem klaffenden Loch, in dem in einem weißen Sarg Marianne lag.

Während ich meine Koffer auspackte, redete Laura pausenlos. Ihre schlechte Laune, mit der sie mich am Flughafen empfangen hatte, war schon verflogen. Offensichtlich war jetzt nicht mehr die Zeit für Vorwürfe – oder sie hatte sich für eine andere Taktik entschlossen, um zu Erklärungen für mein Verhalten zu gelangen. Ich hatte ihr gefehlt, die sonntäglichen Mittagessen bei ihren Eltern waren ihr unerträglich geworden ohne mich, es war außergewöhnlich heiß gewesen für einen Juni, die neue Tate Modern war spektakulär, ich würde schon sehen, und außerdem hatte mein Lektor angerufen, wie hieß er noch, Matthieu, richtig?, er spricht nicht besonders gut Englisch, es war etwas Wichtiges, aber er wollte nicht mehr darüber sagen, am besten, ich riefe ihn so schnell wie möglich zurück, und, ach ja, Leo und Clare waren vorbeigekommen, aber das würde sie mir später erzählen, die Sache war etwas schwierig, anscheinend lief es zwischen den beiden nicht besonders gut.

»Bist du sicher? Das letzte Mal, als wir sie sahen, schien alles bestens zu sein, oder?«

»Nein, nein, ich bin ganz sicher. Und du? Wie ist der Plattensee?«

»Er ist ein Planschbecken, kein See. Du musst viele hundert Meter hinauslaufen, bevor du dich ins Wasser werfen kannst. Und dann bin ich, wie du weißt, nicht gerade für Zwangsgemeinschaften geschaffen. Zudem waren meine werten Kollegen so, wie man sich denken konnte. Der Italiener spielte den *Latin Lover* und tat alles, um die Niederländerin zu bespringen, sie dagegen wollte mit ihm nur über die Politik von Berlusconi sprechen. Der Finne stritt sich ständig mit dem Ungarn, der ihm vorwarf, mit seinem Handy eine Show zu veranstalten. Dazu muss man sagen, dass es zehnmal am Tag klingelte, und immer während unserer Arbeitssitzungen. Verstehst du jetzt, warum ich nichts davon wissen will? Nun gut, es war lehrreich.«

»Bist du vorangekommen?«

»Wie man es nimmt.«

»Du scheinst dich nicht gut zu fühlen.«

»Ich bin nur müde. Wenn es dir nichts ausmacht, werde ich ein wenig schwimmen gehen.«

Es hatte keine Bedeutung. Oder vielmehr: Ich hatte beschlossen, dass es keine Bedeutung haben sollte. Nirgendwo in den Wörterbüchern hatte ich Worte gefunden, die dieser Trauer angemessen waren. Selbst das Wort Trauer, so schien mir, reichte nicht an die Wahrheit heran. Es war gewöhnlich. Und Mariannes Tod sollte nicht durch gewöhnliche Worte beschmutzt werden. Aus ihrem einsamen Ende, aus diesem Körper, den man im Graben einer kurvigen Straße in der Champagne vergessen hatte, ist für mich nach und nach etwas geworden, das sich nicht in Worte fassen lässt. Das so erhaben ist, dass es nicht gesagt werden kann.

Einige Wochen vor unserer Eheschließung hatte Laura davon erfahren in Worten, die nicht neutraler hätten sein können. Ich hatte meine ältere Schwester bei einem Autounfall verloren. Fahren Sie weiter, es gibt nichts zu sehen.

Manchmal sagte ich, ich würde die Bewegung beim Kraulen über alles lieben: die ausgestreckten Arme, die ins Wasser tauchen, um den Körper nach vorn zu ziehen, dieses Gleiten im Wasser, das nur durch die Drehung des Kopfes unterbrochen wird, den regelmäßigen Takt meiner Atmung, eins zwei drei, links, eins zwei drei, rechts: Auf kein anderes Ziel zuzuschwimmen als auf einen imaginären Punkt, möglichst weit entfernt, damit man den Arm so weit wie möglich streckt. Die Optimierung der Bewegungsabläufe, um lautlos vorwärtszugleiten. Alles vergessen, nur noch an die Schönheit und an die Kraft der Bewegung denken. Und vorwärtsgleiten. Lautlos.

Doch als ich aus der Dusche kam und mich langsam ankleidete, befiel mich die Gewissheit, dass Laura etwas anderes von mir erwartete. Entsetzen packte mich.

Keine Frau ist je so betrogen worden wie Laura. Selbst wenn ich keine andere Frau mehr angesehen habe seit dem Tag, als sie mich am Bahnhof Waterloo abholte. Mein Körper war an den ihren gekoppelt. Und doch hätte ich keinen größeren Verrat an ihr begehen können, wenn ich jeden Abend mit einer anderen Frau geschlafen hätte.

Denn ich habe in dem Augenblick ihre Hand losgelassen, als sie mich am nötigsten gebraucht hätte, ich habe sie mit unserem Kind allein gelassen.

Dennoch habe ich am Tag nach der Rückkehr aus dem Schwimmbad einen Versuch unternommen.

»Erinnerst du dich an die portugiesische Synagoge, die wir zusammen in Amsterdam besucht haben? Ich habe eine andere, wie mir scheint noch größere in Budapest gesehen. Die Frage der Größe sollte man einmal überprüfen – sie ist jedenfalls herrlich und hat eine riesige Orgel. Ich wusste nicht, dass es Orgeln in Synagogen gibt. Anscheinend spielte einst Liszt auf ihr. Wahrscheinlich hat unser Führer sie uns deshalb gezeigt.«

Das Telefon klingelte. Ich hatte keine Zeit mehr weiterzuerzählen und Laura nicht den Willen, den Faden unseres Gesprächs wieder aufzunehmen. Ich ahnte, dass es keine Gelegenheit mehr geben würde, darauf zurückzukommen – aber ich verbiete mir, die Geschichte mit Wenn-Sätzen neu zu schreiben. Hätte ich ohne diesen Anruf zur Unzeit meinen Bericht fortgesetzt? Hätte ich je vom Grab meines Großvaters gesprochen? Von dem Schweigen, das meine Kindheit vergiftet hat? Und vor allem von jenem seltsamen Gefühl, das mich überkam, als ich die Decke der großen Synagoge in Budapest betrachtete, dem Gefühl, nicht zufällig hier zu sein? Zurückgekehrt zu sein?

»Clare hat die Erzählungen dieses Nescio auf Englisch aufgetrieben. Du erinnerst dich: der holländische Schriftsteller, dessen Buch wir in Amsterdam gesucht haben. Dem man eine Statue in einem der Stadtparks errichtet hat. Oder vielmehr einer der Figuren aus seinem einzigen Buch. Sie ist wirklich wunderbar, sie hat eine alte amerikanische Ausgabe gefunden – ich hatte es schon ganz vergessen.«

Das Wochenende bei Leo und Clare in Norwich, um das versprochene Buch abzuholen, der Besuch der neuen Tate Gallery, zwei oder drei Kinobesuche, bei denen ich Filme sah, an die ich mich nicht mehr erinnere – unser Leben zu zweit schien wieder in Gang zu kommen. Das Schweigen wich belanglosen Unterhaltungen, und die kleine Falte auf ihrer Stirn verschwand jedes Mal, wenn ihr silbernes Lachen erklang. Oft hatte sie keine Mühe, mich am frühen Morgen zu wecken, und unsere Körper fanden zueinander, ohne dass ein einziges Wort gesprochen wurde.

Meine Lügen bestanden aus Schweigen. Und Abwesenheit. Es war einfach, den Mann zu spielen, der mit irgendeiner Arbeit beschäftigt ist. Auf meiner Tastatur herumzutippen, Notizen auf verschiedenen Blättern zu machen, sogar aus dem Fenster zu schauen, nichts davon erschien ihr verdächtig – nichts natürlicher für einen etwas verbissenen Übersetzer, der das richtige Wort sucht! Ich wusste, dass ich dabei war, sie zu verraten und uns zu zerstören. Aber ich wusste nicht, wie ich dem entgegenwirken sollte.

Keine Ahnung, warum ich wieder begann, Briefe an Leo zu schreiben. Sein Umzug nach Norwich belastete mich, seine Hochzeit vielleicht ebenso. Wir verbrachten häufig die Wochenenden bei ihnen, doch in der Regel hatten wir kaum Gelegenheit, unter vier Augen miteinander zu sprechen. Laura verstand sich gut mit Clare. Ich habe mich nie getraut, sie zu fragen, ob es ein oberflächliches Entgegenkommen war, um mir eine Freude zu machen, oder ob sie ihr echte freundschaftliche Gefühle entgegenbrachte. Ich hatte so viele Jahre allein gelebt; ich wusste wenig von den gesellschaftlichen Konventionen, von der Freundschaft, und vor allen Dingen nicht von der Verbindung der beiden. Auf jeden Fall organisierten die beiden Frauen unsere Ausflüge entlang der Küste oder Picknicks auf dem Land mit Schwung und guter Laune, ohne den geringsten Misston, ohne den Schatten einer Misshelligkeit. Leo und ich folgten ihnen. Doch wenn ich die Weidenkörbe und die Gurken-Sandwichs sah, überkam mich ein Gefühl von Fremdheit. Ich hatte den Eindruck, ich spielte eine schlechte Rolle in der Parodie einer englischen Liebeskomödie.

Die Arbeit an *Doktor Faustus* war weit gediehen, als ich zum Telefonhörer griff, um Paul Matthieu in Paris anzurufen. Er hatte Laura nichts weiter sagen wollen, damit nicht sie die schlechte Nachricht überbringen musste: Mein Übersetzungsvertrag war in Frage gestellt, auf alle Fälle sollte ich die Abgabe meiner Arbeit hinauszögern. Die vom neuen Besitzer der Verlagsgruppe entsandten Wirtschaftsprüfer hatten ihn darauf hingewiesen, dass die vielen Übersetzungen das Defizit seiner Buchreihe stark vergrößert hätten, und man fragte sich, ob der Markt wirklich auf eine neue Übersetzung des Meisterwerks von Thomas Mann warte.

Ich hielt es für eines der größten Bücher, die je geschrieben wurden. Laura machte sich über mich lustig, sobald ich darauf zu sprechen kam. »Achtung, Liebling, du wirst lyrisch!« Wie sollte man keine Bewunderung empfinden für diese Parabel auf das absolute Böse, für die meisterliche Inszenierung des Schicksals von Adrian Leverkühn, dem Komponisten, der seine Seele zu der Zeit verkauft, in der Deutschland und fast ganz Europa die ihre den Nazis ausliefern? Eingemauert in dieses Geheimnis, ist es ihm verboten zu lieben …

»Keine Sorge, ich kann das verstehen.«

Ich weiß nicht, ob ich ihm das entgegnete, weil ich spürte, dass es ihm unangenehm war, oder weil ich es – schon auf dem Schulhof – immer vermieden hatte zu kämpfen, auf jeden Fall sagte ich ihm genau das. Im Gegenzug akzeptierte ich seinen Vorschlag, das Trostpflaster, das mir die Aufhebung unseres Vertrags schmackhaft machen sollte: ich sollte ein Kochbuch übersetzen! Als ich auflegte, überkam mich ein Gefühl von Scham. Ich hatte meinen Ehrgeiz, in die Fußstapfen eines der größten Schriftsteller des zwanzigsten Jahrhunderts zu treten, gegen Tortenrezepte eingetauscht!

Wieder saß ich eingeschlossen in meinem Arbeitszimmer. Laura meinte, ich würde meine Nase in meine Wörterbücher stecken, um die Schichtung der typisch deutschen Rhetorik Thomas Manns und seine vielfach verzweigten Sätze auf Französisch nachzuschöpfen: Ich hatte ihr nichts über den Grund von Paul Matthieus Anruf erzählt. Es wäre ein Leichtes gewesen; ich tat es nicht. Ich kenne diese Worte nicht, mit denen man sich über die alltäglichen Nichtigkeiten austauscht. Ich hatte nicht einmal Argumente gesucht, um meinem Lektor zu sagen, dass ich ihn feige fand, oder meiner Frau zu gestehen, dass ich die Waffen gestreckt hatte, dass ich nicht einmal versucht hatte, auf meinem Vertrag zu bestehen. Um ihr zu erklären, dass ich keine Arbeit mehr hatte – außer der Übersetzung eines lächerlichen Backbuchs.

Wir hatten auch nie über meine Freundschaft mit Leo gesprochen. Hätte sie verstanden, warum mir seine Stimme am Telefon manchmal einen leichten Stich versetzte, als würde sich mir der Magen zusammenziehen? Ich freute mich selbstverständlich, ihn zu hören, auch wenn wir keine große Begabung für diese Gespräche über eine große Entfernung hatten. Dazu waren wir nicht gesprächig genug. Doch das Schweigen, das nur von zögernd vorgebrachten Worten unterbrochen wurde, tat mir weh. Leo fehlte mir. Mein Arbeitszimmer diente mir als Zuflucht, und seit unserer Hochzeit hatte Laura gelernt, diese befestigte Stellung zu respektieren. Sie sagte häufig: »Ruft dich dein Wörterbuchland?« Seltsamerweise hatte sie darauf bestanden, dass ich eine Internetverbindung auf meinem Computer installierte. Meine Vorbehalte – »Wozu soll mir das nützen?« – hatten wenig Gewicht gegenüber ihrer Entschlossenheit, und wie immer ließ ich sie machen. Ich benötigte einige Tage, um mich an die Vorstellung zu gewöhnen, Teil eines Netzes zu sein – dieses Bild bedrückte mich –, und ich fühlte mich unwohl bei der Zurschaustellung des Privatlebens, das ein Teil der Menschheit betrieb und das ich nicht kennenlernen wollte, doch erkannte ich schnell die Vorteile der elektronischen Post. Das Telefon und seine Schmerzen verschwanden. Jetzt war es möglich, zu jeder Tages- und Nachtzeit mit jemandem in Kontakt zu treten, ohne sich aufzudrängen und ohne darauf warten zu müssen, dass der Briefkasten geleert wird oder der Briefträger kommt. Ein unmittelbarer Austausch war möglich, sofern der andere es nur wünschte. Das Schreiben rettete mich, ohne mich deshalb zeitlich unter Druck zu setzen: Durch die elektronische Post konnte ich richtige Briefe schreiben und ebensolche empfangen.

Es ist sonderbar, sich vorzustellen, dass der Lauf der Dinge vielleicht ein anderer gewesen wäre ohne diese technologische Revolution, durch die ich mit Leo auf neue Art kommunizieren konnte, ohne Lauras Aufmerksamkeit zu erregen. Ich hätte vielleicht nie diesen Brief an Leo geschrieben, wenn es nicht so einfach gewesen wäre, den Computer einzuschalten und diese lange Nachricht zu tippen, vor dem Bildschirm sitzen zu bleiben, anstatt ins Bett zu gehen, und so zu tun, als würde ich Thomas Mann übersetzen.

Vor einem Scheidungsrichter ließe sich das alles in wenigen Worten zusammenfassen. Ein paar lapidare Sätze über gebrochenes Vertrauen und fehlende Gesprächsbereitschaft. Alle Frauenzeitschriften kennen das Thema: Der Ehemann spricht nicht mehr mit seiner Frau, wendet sich stattdessen seinem besten Freund zu. Und verschwindet, wenn sie schwanger wird. Alle Schuld läge bei mir, ich weiß, ich würde vor Gericht als ein wahres Monster erscheinen. Aber ich weiß nicht, ob Laura die Scheidung eingereicht hat gegen ihren entlaufenen Ehemann. Ich weiß nicht, ob sie hofft, mich eines Tages wiederzusehen, und sei es nur, um mir ins Gesicht zu spucken. Ob sie noch hofft.

V

An jenem Donnerstagabend hatte ich mich einmal mehr in meinem Arbeitszimmer verschanzt, wo ich dem Anschein nach an meiner epochalen Thomas-Mann-Übersetzung arbeitete, die mir schlagartig zum Durchbruch verhelfen und mich zu einer Koryphäe der literarischen Übersetzung machen sollte. Gedankenlos begann ich, auf der Tastatur herumzutippen. An diesem Abend trug Laura bereits unser Kind in sich. Sie hatte es mir kurz zuvor, am selben Tag, beim Mittagessen verkündet, zu dem wir uns nach ihrem Besuch beim Gynäkologen spontan trafen, und sie wirkte dabei sehr glücklich. Ich war nicht überrascht, als sie anrief, um mich zu bitten, eine halbe Stunde später in eines unserer Lieblingsrestaurants in Kensington Court zu kommen: Wir genossen in vollen Zügen die Freiheit, die uns das Geld, das wir verdienten, und unsere nicht an feste Arbeitszeiten gebundenen Tätigkeiten gaben, und Laura bestellte mich häufig *Knall auf Fall,* wie sie zu sagen pflegte, irgendwohin, um mit mir etwas zu essen oder ein Glas zu trinken.

Sind es einige Stunden oder im Höchstfall Tage ab dem Liebesakt, bis man von einem Fötus, einem Embryo, einem Kind, also von einem menschlichen Wesen sprechen kann? Ich könnte in medizinischen Wörterbüchern nachsehen, doch wozu? Ich hatte schon begriffen, dass ich ein Leben gezeugt hatte – eine unvorstellbare Sache: Mein Samen hatte sich in den Beginn eines Menschenlebens verwandelt –, als ich mich hinsetzte, um Leo zu schreiben.

Seine Schwester war an einer Meningitis gestorben. An einem Samstagnachmittag. Einem jener endlosen Samstage, an denen sogar die unermüdliche Charlotte – der immer etwas zu tun einfiel, perfekt, wie sie war in ihrer Rolle als große Schwester – nicht wusste, wie sie die Zeit totschlagen sollte. Als sie sich das erste Mal übergeben musste, saß sie im Schneidersitz auf ihrem Bett Leo gegenüber, der sich nur lustlos an einem Spiel beteiligte, bei dem er ihre Fragen beantworten und mal einen berühmten Schriftsteller, mal einen Sänger oder auch eine Fernsehserie erraten musste, und zwar anhand eines Rhythmus, der mit den Fingern geklopft oder mit den Händen geklatscht wurde. Plötzlich, sie waren noch bei der ersten von vier Runden, konnte Charlotte nicht mehr weitermachen und ihre Frage nicht mehr stellen: Ein heftiger, nicht unterdrückbarer Schwall kam aus ihrem Mund. Leo, der im großen Zimmer über dem Lebensmittelgeschäft der Familie auf der anderen Seite des Fensters ebenfalls im Schneidersitz auf seinem Bett saß, starrte sie ungläubig an. Dann sah er das Erbrochene auf dem Teppich zwischen ihren Betten. Doch die große Schwester fasste sich schnell: »Hilf mir, es aufzuwischen, sonst sind Papa und Mama wütend.«

Später hatte Leo nie den Mut gehabt, einen Arzt zu fragen, ob man den schrecklichen Verlauf ihrer Erkrankung noch hätte verhindern können, wenn er seine Eltern sofort informiert hätte, wenn er gerufen hätte, dass Charlotte krank sei. Wenn er sie nicht einfach hätte einschlafen lassen. Wenn er nicht gewartet hätte, bis sie von Krämpfen geschüttelt und ihr Gesicht zu Grimassen verzerrt wurde. Bevor sie aufheulte. Wie viel Zeit kann man mit Abwarten verlieren, wenn man zehn Jahre alt ist, wenn man nicht weiß, was zu tun ist?

Der steife Nacken des Kindes, die Krämpfe, das Fieber und das Erbrechen: Die Diagnose war nicht schwierig. Doch wie bringt man einem Mann oder einer Frau bei, dass ihr Kind sterben wird? Der Blick des alten Hausarztes verriet Leo alles. Er begriff, dass seine große Schwester schon unterwegs war zu einem Ort, wo sie nicht mehr die Langeweile der Samstagnachmittage vertreiben konnte.

Ende des Spiels.

All das hatte Leo mir anvertraut. Ihm fehlte nie der Mut, um an der Stelle die richtigen Worte zu finden, wo sie mir fehlten. Er ließ mich teilhaben an seinem Schmerz, und ich verstehe heute, dass Leid und Kummer einem anderen, geliebten Menschen dargebracht werden können, als wären sie das schönste Geschenk.

Mitunter tröstet mich trotz allem der Gedanke, dass mein Brief Leo wahrscheinlich erschüttert hat.

Ein egoistischer Brief allerdings. Aber ich musste ihn schreiben, nachdem ich die Nachricht erhalten hatte, begleitet von meinem bestürzten Gestammel, dass ich ein Kind bekommen würde. Immerhin konnte ich mich dank Laura ihm endlich anvertrauen. Wie ich Laura ja auch ihm verdankte – aber letztlich durchschaue ich das alles nicht so richtig.

Lieber Leo,
Es ist schon spät, und Laura glaubt, ich säße an meiner Übersetzung des *Doktor Faustus.* Aber ich kann mich nicht konzentrieren, und selbst wenn jemandem noch an dieser Arbeit läge, würde ich es nicht schaffen. Ich fühle mich angegriffen und bin auch etwas wehmütig. Das ist doch gar nicht Deine Art, wirst Du jetzt sagen. Und doch denke ich heute Abend immer wieder an all die Abende, an denen wir beide über alles und nichts geredet haben, und ich bedaure es sehr, dass wir schon sehr lange keine Möglichkeit mehr hatten, uns unter vier Augen zu sprechen. Ich lasse also meiner Lust freien Lauf, mich mit Dir zu unterhalten, und tippe auf meiner Tastatur in der Hoffnung, dass Du es mir nicht übelnimmst. Ich bin noch nicht daran gewöhnt, mich per E-Mail auszutauschen, aber ich muss zugeben, ich finde allmählich Geschmack daran.

Um auf den *Doktor Faustus* zurückzukommen, stell Dir vor, Laura weiß bisher noch nichts davon, dass Paul Matthieu das Projekt aufgegeben hat! Na ja, er sagt »verschoben«, aber ich weiß genau, was das bedeutet. Wie soll ich es ihr sagen? Das oder auch anderes: Ich weiß überhaupt nie, wie ich ihr etwas sagen soll. Ich muss Dir gestehen, dass ich eigentlich auch nicht mehr genau weiß, wie es mit Laura weitergehen könnte. Im Moment geht es jedenfalls in die falsche Richtung. Ich sehe keinen Ausweg. Wie komme ich aus dieser höllischen Spirale heraus? Ich habe Laura so viel verschwiegen – und mir dabei immer vorgenommen, es ihr später zu sagen, wenn sie mich besser kennen würde –, dass es mir einfach unmöglich erscheint, jetzt meine Zurückhaltung aufzugeben. Womit könnte ich beginnen?

Dabei wollte ich nie etwas vor Laura verbergen, das ist das Dümmste an der ganzen Sache. Aber es ändert nichts. Die Anhäufung so vieler Dinge, die ich verschwiegen habe, wird mich zum Lügner stempeln vor dem Menschen, der es am besten mit mir meint. Wenn ich es recht bedenke, weiß sie nichts über mich. Stell Dir vor: kein Wort über den Tod meiner Schwester, nichts über meinen Onkel József, nichts über meinen Großvater. Und ich konnte ihr auch nichts von Ungarn erzählen. Von Dir weiß sie nur, was sie sieht, denn auch für die Geschichte unserer Freundschaft habe ich nie Worte gefunden, ich habe ihr nie erzählt, wie wir uns kennengelernt haben oder was Du mir bedeutest.

Manchmal habe ich mich gefragt, warum sie mir nicht mehr Fragen stellte, aber eigentlich ist es mir klar: In unserer Verlobungszeit – du weißt ja, wie viel Wert sie auf diese Tradition legte, von der ich dachte, sie sei längst passé – hat sie es mehrmals versucht, aber ich war jedes Mal so abweisend, dass unsere Beziehung für einen längeren Moment abkühlte. Manchmal dachte ich auch, ich verhielte mich umgänglicher (aber im Grunde war ich nur noch feiger), wenn ich ihr entgegnete: »Das erkläre ich dir später einmal, einverstanden?«

Hat sie wirklich geglaubt, ich würde ihr mit der Zeit mehr Erklärungen bieten? Hat sie – wie so viele Menschen – geglaubt, die Zeit würde alles richten? Eine weit verbreitete Überzeugung, die dennoch unbegründet ist: Die Zeit löst gar nichts. Sie höhlt aus, verstärkt, spitzt zu. Und zwar so sehr, dass der kleinste Riss – eben mit der Zeit – auch dann zu einer klaffenden Spalte wird, wenn es kein beschämendes Geheimnis, keinen uneingestandenen Fehler zu verbergen gibt.

Schwer zu sagen, warum ich Dir das alles erzähle. Aber natürlich weiß ich warum. Seit ein paar Stunden ist alles anders: Laura erwartet ein Baby. Unser Kind. Ich bin berauscht vor Glück und vollkommen entsetzt.

Was soll ich jetzt tun, Leo? Ich sitze hier vor meinem Bildschirm, schreibe diesen völlig wirren Brief und habe nur noch einen Gedanken im Kopf, nämlich die Gewissheit, dass ich an einem Punkt angekommen bin, wo ich so nicht mehr weitermachen kann. Seit wir zusammenleben, habe ich mir unablässig gesagt, es sei möglich, die verlorene Zeit wieder aufzuholen, eines Tages wirklich mit Laura zu sprechen, endlich ein Ehemann für sie zu sein. Und jetzt? Ein Kind. Verstehst Du, was das heißt? Einfach undenkbar. Nicht, dass Du mich falsch verstehst: Ich wünsche mir dieses Kind mehr als alles andere auf der Welt. Als Laura es mir vorhin im Restaurant gesagt hat, war ich hin und weg vor Freude. Ich konnte es ihr natürlich nicht zeigen, aber ich habe immer geglaubt, dass ein Kind ein neuer Anfang für mich wäre. Schon allein deshalb, weil ich ihm eine sorglose Kindheit ermöglichen könnte, die ich nicht hatte. Eine ideale Kindheit. Eine, der man nicht entwachsen will, die Kindheit von Peter Pan. Und bei dieser Gelegenheit meine Kindheit ein wenig ausblenden könnte. Wenn ich es nur auch verdienen würde. Kann denn Vater werden, wer so wenig lebt, wer nicht weiß, wie man als Ehemann, als Freund zu sein hat? Ich weiß noch nicht einmal, in welcher Sprache ich mit diesem, mit meinem Kind sprechen soll. Es kommt mir vor, als würde man mich auffordern, vor einem vollen Saal die Sonate *Alla Turca* zu spielen, während ich noch nicht mit den Tonleitern durch bin. Ein unbeholfener Anfänger auf der Bühne der Royal Albert Hall oder im Pleyel-Saal. Eine Fehlbesetzung.

Mir ist klar, dass es nichts hilft, Dir diese E-Mail zu schicken. Was könntest Du schon tun, selbst wenn Du sie heute noch lesen würdest? Wenn Du heute Abend überhaupt noch am Computer arbeiten würdest? Und auch wenn Du Clara erklären würdest, dass ich Dich unbedingt sprechen wolle, und Du morgen nach London kämst, würde sich nichts daran ändern. Das ist eines der Dinge, die ich niemals hinnehmen werde: dass die Freundschaft manchmal nichts ändert. Nichts. Und dennoch bin ich sicher, dass Deine Freundschaft das Schönste ist, was mir jemals geschenkt wurde. Auf alle Fälle hat sie mir alles andere ermöglicht: die Begegnung mit Laura, unsere Hochzeit. Und jetzt dieses Baby! Wenn ich Dir nur erklären könnte, in welcher Weise das, was Du mir gesagt hast, alles Weitere erst möglich gemacht hat.

So lange schon schaffe ich es nicht, das Gefühl von Absurdität abzuschütteln. Du weißt, dass ich mir nie in solchen Posen gefallen habe wie der des gequälten Romantikers oder der empfindlichen Mimose. Ebenso wenig habe ich meine Tage damit verbracht, in philosophischen oder theologischen Werken nach Antworten zu suchen, es hatte nichts damit zu tun. Es war viel einfacher, wie ein Geruch, der an meiner Haut klebte: die Gewissheit, dass alles keinen Sinn hat. Daran ist vielleicht nichts Neues – ein Psychologe würde schlicht und einfach von einer Depression sprechen. Meine Haltung zu benennen hätte jedenfalls auch nichts geändert. Das ist bedeutungslos. Doch als Du an jenem Abend nach dem Kino angefangen hast, mir vom Tod Deiner Schwester zu erzählen, war ich zunächst verblüfft, dass man »das« in Worte fassen konnte. Außerdem wunderte ich mich, dass Du diese Worte, die aus dem Nichts kamen, ausgerechnet an mich und niemand anderen richten wolltest: Ich konnte es kaum glauben. Ich werde nie vergessen, welcher Schwindel mich ergriff – was Du mir damals sagtest, hat alle meine Stützpfeiler zum Einsturz gebracht, ich wusste im wahrsten Sinne des Wortes nicht mehr, wohin ich mich wenden sollte. Am verwirrendsten war das Glücksgefühl, das ich zugleich empfand: Die Geschichte, die Du mir erzählt hast – Deine Geschichte – bestand nur aus Schmerz und Kummer, die Tränen in Deinen Augen zeigten mir, dass dieses Leid niemals der Vergangenheit angehören würde, und trotzdem fühlte ich mich erleichtert. Wie von einer Last befreit, dabei hatte ich doch nur ermessen, wie groß die Last war, die Du trugst.

Und dann Deine Briefe. Diese großartigen Briefe. Du hast darin von Deiner Familie erzählt. Abgesehen von den Unterschieden, und von denen gibt es viele, kam es mir vor, als hätte ich einen Bericht über meine eigene Kindheit, meine eigene Jugend gelesen. Du hast dieses Gefühl der Einsamkeit, der Abgeschnittenheit in einfache Worte gefasst, Du hast von Deiner Unfähigkeit gesprochen, Dich anderen verständlich zu machen – und alles klang wahr. Ich begann zu verstehen, allmählich fand ich sogar einen Sinn darin. Nur …

Ich hätte Dir antworten müssen. Sicher, ich erzählte Dir mehr als irgendeinem anderen Menschen. Aber auch Du warst gezwungen, Dich mit einigen Puzzlestücken zufriedenzugeben. Die Leerstellen und die weißen Flecken musstest Du selbst ausfüllen. Ich hätte Dir antworten, wirklich antworten müssen. Dir von meinen immer wiederkehrenden Alpträumen erzählen müssen: dem offenen Grab. Und ich, hinter einem Pult, eine Grabrede haltend. Der Tote warst Du. Oder Laura. Manchmal Leute, die ich kaum kannte. Doch sobald ich auch nur einen Hauch von Sympathie für einen Menschen empfand – ganz zu schweigen von echten Gefühlen oder Zuneigung –, endete es jedes Mal damit, dass ich die Person in einem Grab liegen sah. Dabei habe ich nicht meine Seele dem Teufel verkauft, um komponieren zu können, wie der arme Adrian Leverkühn, dieser Doktor Faustus, der den Tod sät, sobald er sich hinreißen lässt, jemanden zu lieben.

O Leo, wie soll ich Dir sagen, was in mir vorging, als ich an jenem Abschnitt des *Doktor Faustus* arbeitete, in dem der kleine Echo, den Adrian Leverkühn zu sehr liebt, diese Zuneigung mit dem Tod bezahlen muss, weil sie gegen den Teufelspakt des Komponisten verstößt? Wirst Du mich für immer verabscheuen, wenn ich Dir gestehe, dass ich beim Übersetzen dieses grauenhaften, dieses erhabenen Kapitels Deine Stimme hörte? Ja, Leo, auch für den Moment des Sterbens, dafür, wie man an einer Meningitis stirbt, fandest Du die richtigen Worte.

Verfolgt mich deshalb jede Nacht der Tod, weckt mich deshalb jeden Morgen die Angst, Dich zu verlieren, Laura zu verlieren, alle zu verlieren, die ich liebe? Wie ein Leberhaken, der mir den Atem nimmt, mich erstickt? Wenn ich jetzt Vater werde, Leo, wie soll ich den Gedanken, dass ich das Kind verlieren könnte, auch nur eine Nacht überleben?

Ich begreife einfach nicht, wie es so weit kommen konnte. Dass ich voller Scham bin, mich verstecken muss aus Angst vor Euren Blicken, besonders vor Deinem, und dann vor dem Lauras. Seien wir aufrichtig, Leo: Wir sind Freunde, weil sich jeder von uns im anderen wiedererkennt. Oder vielmehr, weil wir unseren eigenen Schmerz beim anderen wiederfinden, wir sehen die Verletzung. Die kleinen Abweichungen in unseren Biographien haben wenig Bedeutung, denn im Grunde teilen wir die Erinnerung an einen Schmerz, der andere ausschließt. Ich denke ständig über die Worte nach, die Du mir geschenkt hast und die genügten, wie ich glaubte, um auch mich voranzubringen. Um mir trotz der Alpträume von gestern, der weißen Flecken, der Leere, der Leerstelle ein Leben zu ermöglichen. Deshalb brauchte ich Dich, verlangte es mich nach Deiner Stimme, so wie man manchmal das *Bedürfnis* und nicht die *Lust* hat, mit jemandem zu schlafen.

An den langen Abenden, die wir zusammen verbrachten, hast Du sehr viel mehr gesprochen als ich. Ich war wie berauscht von dem, was Du sagtest, und wenn ich hinterher allein in meinem Zimmer war, wusste ich häufig nicht, wie ich die nun einkehrende Stille ertragen sollte. Etwas in mir zog sich schmerzhaft zusammen, ich hatte das Gefühl, dass mir die Luft ausging, doch es brauchte einige Zeit, bis ich mir eingestand, dass mir etwas fehlte. Du fehltest mir, es war so einfach, und jedes Mal, wenn wir auseinandergingen, fühlte ich mich hilflos. In unseren Gesprächen war ich der Empfangende, ohne zu wissen, was ich Dir zurückgeben könnte. Und doch wusste ich, dass Du jede Einzelheit, die ich Dir anvertraut hatte, wie einen Schatz hegtest. Es schien Dir zu genügen, Millimeter für Millimeter auf dem Weg der Freundschaft voranzukommen, wie Du sagtest. Hing das damit zusammen, dass Du Dich an die Jahre erinnertest, in denen Du selbst davon überzeugt warst, die Geschichte von Charlottes Tod sei für immer dem Vergessen anheimgefallen? Niemand hatte Dir verboten, darüber zu sprechen, und doch hat niemand in Deiner Familie jemals wieder diesen Samstag erwähnt, an dem Du Deine Schwester vielleicht hättest retten können, wenn Du Alarm geschlagen und einen Arzt gerufen hättest, als sich die ersten Anzeichen der Krankheit zeigten, die ihr Gehirn befiel und sie dahinraffte. Manchmal besteht ein Begehren nur aus dem Wunsch, Trost zu spenden, wo es keinen Trost gibt: Ich träumte davon, diesen Fels von Schuldgefühlen von Dir zu wälzen, der Dich nach unten zog wie Steine in den Taschen von Selbstmördern, und ich glaube, Du wolltest mir zur Sprache verhelfen, wie man jemanden umarmt, damit er weinen kann. Unsere Körper waren wie Handpuppen, wir wussten nichts mit ihnen anzufangen, hinderliche Statisten in einer Geschichte, die ohnehin schon ziemlich kompliziert war.

Laura aber tat so, als hätten die Worte keine Bedeutung. Während Du sagtest: »Siehst du, ich leide wie du, aber es geht vorwärts«, umgab sie mich mit ihrem Lachen, ihrer Wärme, ihrem Leib, als wollte sie mir sagen: »Es macht nichts, wenn es weh tut, ich bin ja da, bald wirst du dich nicht mehr an den Schmerz erinnern.« Warum bin ich nicht in der Lage, Euch zu antworten, für Euch, den Freund und die geliebte Frau, da zu sein?

Entschuldige, Leo, ich höre jetzt auf. Diese Nachricht hat mich einfach umgeworfen: Ich werde ein Kind haben! Mach Dir keine Sorgen um mich. Alles wird gut. Ich rufe Dich morgen an. Mach Dir keine Sorgen.

Dein

Gabriel

Heute kommt es mir merkwürdig vor, dass ich weitermachen konnte, als wäre nichts gewesen, nachdem ich diesen Brief abgeschickt hatte. Ich ging ins Bett, ich tat am nächsten Tag so, als würde ich arbeiten, oder vielleicht habe ich wirklich gearbeitet, ich weiß es nicht mehr. Trotzdem hatte ich den Brief an Leo mit einer Lüge beendet: Es ging mir nicht besser, im Gegenteil, ich fühlte mich in die Enge getrieben, dazu verdammt, weiterzugehen, die ganze Wahrheit auszusprechen. Ich hatte nicht den Mut dazu. Ich schickte den Brief daher rasch ab, ohne ihn noch einmal durchzulesen. Doch nichts war vorbei, und ich wusste es. Leo war der einzige Mensch, mit dem ich sprechen, dem ich schreiben konnte. Das musste Laura unvorstellbar verletzen, ohne Frage. Sie war im Zimmer nebenan, und es wäre so leicht gewesen … Ganz leicht.

Leo und ich waren wie Zwillinge, eingemauert in derselben Einsamkeit. Leo hat Worte gefunden, um das Schweigen zu brechen, ich nicht. Was unterscheidet uns? Seit ich hier verborgen und zurückgezogen lebe, habe ich viele Stunden damit verbracht, darüber nachzudenken. Leo hat es geschafft, Clare zu behalten, oder vielmehr ist es ihm gelungen, für sie zu leben. Mir nicht: Laura lebte mit einem Gespenst, sie schlief sogar mit einem Gespenst. Ich fürchte, sie hat auch ihr Kind mit einem Gespenst gezeugt.

»Der Herr hat es gegeben, der Herr hat es genommen.« Der Schmerz meines Vaters ließ sich mit diesen wenigen Worten zusammenfassen. Noch nie hatte der Polizist, der den Vater – meinen Vater –, bat, ihm zu folgen, um den Leichnam des Mädchens zu identifizieren, diesen zerschlagenen und leblosen Körper, die sterbliche Hülle meiner Schwester Marianne, eine eine so würdevolle Trauer, eine solche Gefasstheit erlebt. Ich hörte meinen Vater diese acht Worte murmeln und sah, wie er dem Mann folgte, der wahrscheinlich nicht wusste, dass sie aus der Bibel stammten, aus der Geschichte eines Mannes, der alles verloren, dem Gott alles genommen hat. Doch der Polizist fragte sich nicht, wie diese Worte auf Ungarisch lauteten und ob mein Vater sie erst aus seiner Muttersprache übersetzen musste, bevor er sich als ein Vorbild an Selbstbeherrschung präsentierte. Übersetzen, um Zeit zu gewinnen, um die Wirklichkeit der Dinge von sich wegzuhalten. Wie ich später.

Ja, ich wurde ein Spezialist für Worte, aber für die Worte anderer: für die aus Wörterbüchern und Fremdsprachen, von großen Schriftstellern und von Leo. Für Worte, mit denen ich mich rächen konnte, hinter denen ich mich verstecken konnte. Die ich einfach wie Spielsteine in einem Spiel mit willkürlichen Regeln behandeln konnte. Wenn es möglich war, sich hinter acht kleinen Worten zu verschanzen, um einen so gewaltigen Schmerz auszudrükken, eine so absurde, so unannehmbare Leere, wenn es denkbar war, mit Hilfe einiger winziger Worte mit Mariannes gebrochenem Nacken abzuschließen, wenn die Worte dieses Verses als Weisheit durchgingen, dann hatten Worte keinen Sinn. Waren sie wertlos. Wenn sie mir nicht helfen konnten zu verstehen, warum meine große Schwester nicht mehr da war, mich nicht mehr beschützte, dann taugten sie zu nichts. Zu gar nichts.

Ich glaubte, Worte seien unzulänglich. Ich war erst zehn Jahre alt, aber von dieser Überzeugung habe ich mich nie erholt.

Bis letzte Woche.

Für mich war es nicht der Tag der großen Vergebung. Ich nehme an, dass ich unter all den Männern in der Synagoge von Golders Green der einzige war, für den diese Möglichkeit, dieser Neuanfang eines Jahres ohne Sünde, außer Reichweite lag. Der einzige, für den der Weg der Versöhnung durch einen Berg sinnloser Worte versperrt war. Oder vielmehr – das habe ich an diesem Tag begriffen – durch all die Worte, die nie ausgesprochen wurden, durch all die Worte, denen ich misstraute. Die Worte, die mein Vater mit sich nahm, als er an jenem Abend ins gerichtsmedizinische Institut fuhr. Für ihn waren der Zweifel und die Hoffnung schon ausgeschlossen, das Wort des Polizisten hatte ihm genügt. *Marianne war tot.* Woher hatte cr die Flinkheit, mit der er sein Schicksal annahm? Das Schicksal eines Vaters, dessen Tochter man soeben getötet hatte. Warum diese Worte der Resignation, und warum nur diese?

Das Fasten und die Gebete zu Jom Kippur haben mich von nichts entlastet. Ich gefalle mir darin, mir einzubilden, ich würde an keinen Gott glauben. Und doch stand ich unter diesen Männern, die von der Macht ihres gemeinsamen Glaubensbekenntnisses überzeugt schienen, und war erschüttert von ihren Gesichtern, ihren Stimmen. Jedes Jahr gehen sie aufs Neue in diese oder eine andere Synagoge, um von ihrem Gott Vergebung zu erhalten, nachdem ihnen ihre Nächsten vergeben haben. Und ich? Ich bin nicht verrückt geworden. Kein Wunder hat mich an diesem Tag zu einem Gläubigen gemacht.

Doch dank dieser betenden Unbekannten, dieser Fremden, die überhaupt nichts von mir wussten, ist eine Gewissheit in mir gestorben, die seit meinem zehnten Lebensjahr fest in verankert war: Ich bin mir nicht mehr sicher, ob Worte wirklich unzulänglich sind. Ich weiß es nicht mehr. Kein Wörterbuch kommt mir zu Hilfe. Es gibt kein Modell, von dem ich lernen könnte, was ich der Frau sagen müßte, die ich liebe. Ich habe nur gelernt zu übersetzen. Aber was galt es zu übersetzen? Meine Gefühle, meine Irrtümer, meine Fehler, meine Angst? Wie könnte ich diese neuen Worte finden, die nicht nur die Vokabeln anderer wären? Nützliche Worte, und vor allen Dingen: meine Worte. Ich muss sie zähmen, um den Weg zu Ende zu gehen, muss mir nacheinander jedes einzelne dieser verbotenen Worte mitsamt ihren Bedeutungen zurückerobern. *Geben, nehmen.*

Ohne es zu wollen, ohne es zu wissen, haben Namenlose, die mit ihren eigenen Fehlern und in keiner Weise mit meinen Qualen beschäftigt waren, etwas in mir verändert. Es fällt mir schwer, das zu akzeptieren. Ebenso schwer fällt es mir anzunehmen, dass János Almassy – ein Mann, der für mich nichts anderes war als ein Übersetzerkollege, den ich auf meiner Reise zum Plattensee kennengelernt hatte und den ich bestimmt nie wiedersehen würde –, ebenfalls ohne es zu wissen, mich auf den verrückten Einfall brachte, in die Synagoge von Golders Green zu gehen. Ich habe das Gefühl, eine Gemeinschaft holt mich ein, ohne dass ich etwas dazu tue, so wie ich in Ungarn das Gefühl hatte, in den Fußstapfen meiner Großeltern unterwegs zu sein. Woher stammt die Kraft dieser Bindungen? Vor dieser ersten Reise mit den Übersetzern Thomas Manns wusste ich nicht viel über Ungarn, und bis heute habe ich es nicht geschafft, die Bibel zu lesen. Jene, die ich damals in der Buchhandlung von Herrn Stobetzky gekauft habe … Doch ich habe Hebräisch gelernt, und vergangene Woche habe ich zum ersten Mal in meinem Leben gefastet, um in die Menge derjenigen einzutauchen, die die Gebete bereits auswendig kannten, die aber einen leeren Magen hatten wie ich. Ich kann mich dieser Religion nicht entziehen, die jeden pausenlos daran erinnert, dass er den anderen braucht. Nicht einmal an Jom Kippur steht ein Jude allein vor Gott, und die Litanei der Sünden wird in der ersten Person Plural gelesen. Hatten meine Eltern wirklich den Entschluss gefasst, mich aus dieser Ahnenkette herauszutrennen, oder fühlten sie sich nur verloren, in einer Sackgasse? Zumindest riefen sie eine Obsession bei mir hervor: die, frei zu sein.

Frei von Bar-sur-Aube und dem Friedhof in Proverville, frei von ihnen und ihrer Vergangenheit, frei von Mariannes Tod, frei von den anderen. Und heute fühle ich mich meines Wunschs, meiner Willensfreiheit beraubt, als ob es unmöglich wäre, sich diesem Gott zu verweigern, an den ich nicht glaube.

VI

János Almassy. An unserer Begegnung war nichts zufällig, nichts, was ich in ein bisschen Mystik hätte kleiden können. Dennoch frage ich mich weiterhin: warum er? Im Zeitalter der Kolloquien über alles und nichts, ohne die Männer und Frauen, die aus freiem Willen einen per definitionem einsamen Beruf gewählt haben, nicht mehr glauben auskommen zu können, in einer Gesellschaft, die mit Leib und Seele zur Kommunikation verdammt ist, war es zweifellos ganz normal, dass ich dem ungarischen Übersetzer von Thomas Mann begegnete. Aus berühmter Familie, mit gewöhnlichem Vornamen. Einem Vornamen, den ich hätte tragen sollen, wäre da nicht mein Vater gewesen, der sich dem Wunsch meiner Mutter widersetzte, das Andenken ihres liebsten Cousins zu ehren, indem sie die Zuneigung, die sie für ihn empfunden hatte, durch diese Namensgebung wieder aufleben ließ. Oder hatte meine Geburt sie an den Spielkameraden erinnert, der gegen Kriegsende unter Umständen starb, die sie mir nie erzählen wollte? Nein, die Erfahrung einer Entbindung rief bei meiner Mutter zweifellos keine besondere Erinnerung wach. Doch durch das Glück, das alle mir ihr teilten, wurde ihr bewusst, wer fehlte: János war nicht mehr da, er konnte seine kleine Cousine nicht mehr beglückwünschen, ihre Freude nicht mehr teilen. So unvermeidlich und logisch sie war, die berufsbedingte Begegnung mit diesem anderen János, fast sechzig Jahre nach dem Tod des ersten, musste mich zwangsläufig an meine Familiengeschichte erinnern. An jene Büchse der Pandora, die niemals zu öffnen ich mir geschworen hatte.

Ich konnte meine Überraschung nicht verbergen, als wir einander vorgestellt wurden – »Almassy János, sehr erfreut« –, die bloße Nennung seines Vornamens löste zugegebenermaßen eine merkwürdige Unruhe in mir aus. Eine Nervosität, die mich während unseres Besuchs in Budapest ständig begleitete. Überdies erinnerte mich allein dieser Vorname an meine Mutter und die Augenblicke, als sie sich geweigert hatte, auf meine Fragen zu antworten … »Das alles ist lange her.« An sie dachte ich, als ich nach unserer Ankunft in dem großen Gebäude am Plattensee, in dem wir zehn Tage gemeinsam am Werk des großen deutschen Romanciers arbeiten wollten, die erstbeste Gelegenheit zu einem Gespräch unter vier Augen mit János ergriff.

Einen Fremden anzusprechen ließ mich innerlich erstarren. Ihm von meiner Familie zu erzählen wäre unter gewöhnlichen Umständen undenkbar gewesen. Wer weiß, ob ich je meine Schüchternheit überwunden, meiner Neugier nachgegeben und ihm Fragen gestellt hätte, die schon lange Zeit in mir bohrten, wenn unsere Unterhaltung nicht auf so unerhörte Weise begonnen hätte. Wenn er nicht durch seine absolut schamlose Offenheit jegliches Misstrauen und jede Schüchternheit unter uns aus dem Weg geräumt hätte. Da er dachte, ich wolle ihn wegen unseres zwangsläufigen Zusammenlebens auf die

Ruhestörung ansprechen, die er in der Nacht zuvor tatsächlich verursacht hatte – János bewohnte ein Zimmer, das genau über meinem lag –, empfing er mich mit einem lauten Lachen: »Ah, die Wichserei gestern Nacht – tut mir echt leid, wenn ich zu viel Krach gemacht habe, aber diese Betten …« Mir schien, er schöpfte nicht einmal Atem, als er, noch immer lachend, damit fortfuhr, seine Gedanken zu dem Buch von Thomas Laqueur zu schildern – eine Kulturgeschichte der Masturbation –, das er gerade für einen Budapester Verlag begutachtete und das er zweifellos übersetzen würde, sobald er den *Doktor Faustus* hinter sich gebracht hätte: »Von der verteufelten Zwölftonmusik und den Nazis direkt zum linkshändigen Orgasmus, ist doch kein schlechter Übergang, oder?« Dann schlug er den Bogen zu seinen Ansichten über die Beziehung zwischen Sexualität und Sprache – mit diesem Thema hatte er sich in seiner Doktorarbeit im Fach Linguistik beschäftigt –, um festzustellen: »Die Theorie ist eindrucksvoll, aber deshalb muss man auf die Praxis ja nicht verzichten, nicht wahr? Und warum nicht zugeben, dass wir alle von Zeit zu Zeit Witwe Hand zu Hilfe nehmen, wenn wir in unseren verflixten Übersetzungen feststecken? Die jüngsten Studien der kognitiven Neurolinguistik bestätigen übrigens alle meine Vermutungen darüber, wie der Orgasmus das Sprachzentrum in der linken Hirnhälfte aktiviert.«

Ich hatte ihn nicht aufgesucht, um mit ihm über seine einsamen – und in der Tat ein wenig geräuschvollen – Freuden zu sprechen, die mir in der Nacht zuvor den Schlaf geraubt hatten, doch seine für mich völlig neue Offenheit, mit der er sein Intimleben vor einem Fremden ausbreitete, ermöglichte es mir – natürlich auf schamhaftere Weise –, bei den sehr körperlichen Freuden anzuknüpfen, die mir Sprachen verschafften, und insbesondere das Ungarische, die Sprache meiner Großeltern, das ich zwar nicht beherrschte, dessen Klang ich aber gerne hörte. »Deine Großeltern waren Ungarn?« Der Einstieg war also geschafft, und es musste ihm ganz natürlich erscheinen, dass ich auf diesem Weg auf die Geschichte von Karel Roth und dem Grabstein zu sprechen kam, den ich auf dem Kerepesi-Friedhof entdeckt hatte.

Das alles hätte folgenlos bleiben können. Es wäre natürlich gewesen, wenn János meine Geschichte, meine Großeltern, meine Fragen vergessen hätte. Doch dies war nicht der Fall: Vor zwei Monaten schrieb mir János per E-Mail, er komme nach London und würde mich gerne treffen. Ich war überrascht und wunderte mich darüber, dass er sogar meine E-Mail-Adresse behalten hatte, denn seit dem Seminar in Balatonfüred hatte er sich nicht wieder bei mir gemeldet. Doch ich nahm seine Einladung an und verabredete mich mit ihm in der Cafeteria des British Museum.

Seinen Gewohnheiten treu, kam János sofort zur Sache, indem er einige Fotokopien auf den Tisch legte. »Hier, das habe ich gefunden.« Drei Taufscheine, ausgestellt vom Pfarrer von Sankt-Agnes in Sopron, datiert auf den 15. April 1896. Der erste auf den Namen meines Großvaters, damals drei Monate alt. Die beiden anderen auf Namen, die ich zum ersten Mal sah: Alma Rosalia Roth, geborene Biro, und Michael Baruch Roth. Waren sie meine Urgroßeltern?

Doch das alles ist heute nicht mehr wichtig. Man wird nicht Jude durch drei Taufscheine. Und man kann so viele Jahre der Lügen und Geheimnisse nicht mit einem vierundzwanzigstündigen Fasten aus der Welt schaffen. Selbst wenn die Dokumente, die János mitbrachte, die ausweichenden und widersprüchlichen Antworten meiner Mutter erklären können, selbst wenn sie sich ganz logisch in den gesellschaftlichen Aufstieg so vieler Familien im habsburgischen Kaiserreich einfügen, die sich durch ihre Konversion eine achtbare Position erkauften, selbst wenn sie sich tatsächlich auf meine Vorfahren beziehen und nicht auf einen Mann mit demselben Namen wie mein Großvater, wird es nichts mehr ändern. Meine heutige Identität kann nicht auf der Entdeckung einer Geschichte gründen, die sich vor über hundert Jahren zutrug. Eine Epiphanie kann nicht den Mann auslöschen, der aus mir geworden ist.

János schien nicht zu verstehen, warum mich die Informationen, die er mir mit offenkundigem Stolz beschafft hatte, kaltließen, obwohl sie genau die Fragen beantworteten, die ich ihm während unseres Aufenthalts am Plattensee gestellt hatte. Er hätte erst recht nicht verstanden, warum ich zehn Tage später in die Beth Hamedrash Synagogue von Golders Green gegangen bin.

Ich lebe nun schon seit über einem Jahr hier, und manchmal begegne ich diesen Frauen mit Perücken bei Carmelli, dem Feinkosthändler, bei dem ich bisweilen ein Stück Käsekuchen kaufe. Ich habe auch gut ein dutzendmal bei Blooms *Schnitzel* oder *Leberhack* gegessen. Doch wenn ich mit dem alten jüdischen Kellner des Restaurants

Deutsch spreche, dann nicht, um Bekanntschaft mit ihm zu schließen oder mehr über ihn zu erfahren. Es ist nur eines dieser sprachlichen Vergnügen, denen ich mich von Zeit zu Zeit genussvoll hingebe. Das Spiel mit dem Wortbaukasten, hinter dem ich mich seit langem verschanze. Ich wäre nie auf die Idee gekommen, mich hier jemandem anzuschließen, mich für die Juden, für das Leben der Juden zu interessieren, die vor Jahrzehnten in diesem x-beliebigen Stadtviertel von London gestrandet waren. Ich lebe zufällig hier, bei meiner übereilten Flucht aus den schönen Vierteln blieb mir keine Zeit, darüber nachzudenken, und die Mieten hier sind bezahlbar. Und dennoch muss ich anerkennen, dass mich diese Unbekannten mit all den Gewissheiten ihrer Glaubensgemeinschaft, die ich nicht teile, ohne es zu wissen, zu dieser Religion gebracht haben; es waren sie und János, der ungarische Aristokrat mit dem Hang zur Dekadenz und zur Onanie, die mir klargemacht haben, dass Wörter zu mehr taugen als zum Schachspiel mit Wörterbüchern.

Denn seit János hatte ich gute Gründe, neugierig zu sein und endlich die Tür einer Synagoge aufzustoßen.

Als ich aus dem British Museum kam – die drei Taufscheine zweimal gefaltet in meiner Jackentasche –, ging ich jedoch zuerst kurz bei der Buchhandlung in der Bury Street vorbei, die nur einen Katzensprung entfernt ist. Sie ist groß und hell, liegt ganz im Erdgeschoss und ist überschaubar. Es gibt weder Hintergrundmusik noch Cappuccinoduft wie in den riesigen, dem Buchhandel geweihten Tempeln, die man jetzt »Buchhandlung« nennt. Auch keine marktschreierische Verkaufspräsentation der aktuellen

Stars im großen literarischen Zirkus. Nur Bücher auf ein paar Tischen – selten Bestseller – und in alphabetischer Reihenfolge in den Regalen. Ich schaue hier gerne vorbei ohne eine bestimmte Absicht, ohne dieses oder jenes Buch kaufen zu wollen, nur der Freude wegen, mit meinem Blick die Regale entlangzuwandern und die Zeit zu vergessen.

Laura hat oft gesagt, ich hätte keinen wirklichen Begriff von »Zeit«. Es stimmt, dieser Ausdruck bezeichnet für mich nichts Konkretes. Ohne Uhr habe ich kein Gefühl dafür, wie viel Zeit vergangen ist. Beweist dies, dass ein Übersetzer die Wirklichkeit hinter einem Wort, für das er eine Entsprechung finden soll, nicht unbedingt zu verstehen braucht? Jedenfalls war es Laura, die mich stets an Verabredungen und Verpflichtungen aller Art erinnerte, ausnahmslos.

In der Buchhandlung beim British Museum achtete ich wieder einmal nicht auf die Zeit – dass ich den *Vorsatz* gehabt hätte, der Zeit keine Bedeutung beizumessen, war im Grunde Lauras Vorwurf. Wollte ich auf diese Weise das Treffen mit János und die Taufscheine in meiner Tasche hinter mir lassen, weil sie mehr Fragen aufwarfen als Antworten boten? So lächerlich es erscheinen mag, die stille Gesellschaft all dieser Schriftsteller, von denen die meisten seit langem tot waren, tat mir gut. Auch József war seit Jahren tot, und wenn ich häufig an ihn dachte, so geschah dies, wie ich zugeben muss, in der Regel beiläufig. Jedes Mal, wenn sein Lachen, sein Akzent, unsere Gespräche oder auch die Sonate *Alla Turca* in meinem Gedächtnis auftauchten, beschloss ich sofort, mich nicht zu sehr bei diesen Erinnerungen aufzuhalten. Ich zog es vor, die Dialoge zwischen uns neu zu erfinden. In meinem Kopf hörte ich klar und deutlich Worte, die nie gesprochen worden waren. József erzählte mir von Ungarn, von Sopron und meinem Großvater Roth. Er gab mir Küchenrezepte, ich kochte ein Paprikahuhn mit ihm, *Pörkelt* und Mohnstrudel. Er brachte mir sogar bei, Csárdás zu tanzen, wir hatten zusammen einen Riesenspaß in seiner kleinen Wohnung in der Rue des Étuves hinter der Oper. Seine Nachbarn wunderten sich wahrscheinlich, was bei ihm los war. Das immer schneller werdende Stampfen unserer Füße auf dem Parkett, unser Gelächter, unser Jauchzen, bis wir Tränen in den Augen hatten und dann wieder zu lachen anfingen. »Weißt du, es kann immer mal nützlich sein, wenn man Csárdás tanzen kann«, meinte er, und wir lachten umso mehr. Er stellte die Musik lauter, und wir fingen aufs Neue zu tanzen an. Ach, wie schön waren meine Ferien bei Onkel József!

Ich weiß nicht, warum, aber mein erster Gedanke war, »Das zu sehen hätte ihm gefallen«, als ich ganz unten auf dem letzten Regalbrett der ausländischen Literatur eine englische Übersetzung von Franz Werfels *Jeremias* entdeckte. Eines seiner weniger bekannten Bücher, das wenige Freunde hat und als zweitrangiges Werk behandelt wird, aber ein Lieblingsroman meines Onkels. Er hatte mir seine alte Ausgabe zum, ich glaube, dreizehnten Geburtstag geschenkt, und die Lektüre war ein Schock gewesen. Werfel hat einen wahren Roman gemacht aus der Geschichte eines Jungen, der nicht begreift, was mit ihm geschieht, der sich aber dagegen auflehnt und Nein sagt, der dabei sein Leben lässt, einfach weil er auf die Stimme hört, die ihm dies einflüstert. Und diese Geschichte stand in der Bibel? Das wühlte mich damals während der Sommerferien in Montpellier zutiefst auf. József hatte dazu nur gemeint: »Auf seine Stimme zu hören heißt einfach, seinem Weg zu folgen, verstehst du?«

Glaube, Wunder, Treue, all diese Fragen waren für Werfel, auch wenn er es gerne anders gehabt hätte, nicht nur eine Angelegenheit der Literatur. Schuld daran war die Naziherrschaft, und kein Gelübde, wie er es auf der verzweifelten Flucht durch Europa in Lourdes ablegte, konnte ihn davor schützen, als Jude verfolgt zu werden. Als ich die Buchhandlung in der Bury Street verließ, begriff ich plötzlich, dass József mir den Roman nicht ohne Hintersinn geschenkt hatte. Ungläubig wie er war, musste er eine bestimmte Absicht im Kopf gehabt haben, als er den göttlichen Atem ins Spiel brachte, der dem Propheten ohne sein Zutun seine Stimme verlieh. Dachte er an die Konversion unserer Familie, an ihren Versuch, das Judentum hinter sich zu lassen, und hatte er verstanden, dass auch ich eines Tages die Erfahrung machen würde, mit dieser Geschichte noch nicht abgeschlossen zu haben?

Ohne einander zu kennen, hatten Onkel József und Stobetzky mir viele ähnliche Bücher gegeben. Werke, die von grausamen Trennungen und unmöglichem Sinneswandel erzählten …

Ich bin nie abergläubisch gewesen, doch die Entdekkung dieses kleinen Buchs im Regal der Buchhandlung kam mir vor wie eine merkwürdige Erinnerung an Józsefs Aufforderungen. Nach der erst wenige Minuten zurückliegenden Begegnung mit János rief diese Erinnerung eine Unruhe in mir hervor, die man zweifellos Verwirrung nennen kann. Die Dinge wuchsen mir über den Kopf, ich fühlte mich überrollt von Ereignissen, die ich nicht gewollt, von Begegnungen, die ich nicht vorausgesehen hatte, und von Fragen, die ich nicht hören wollte.

Doch ich habe keinen Augenblick gezögert und in Gedanken an József und Stobetzky den dicken, sorgfältig in nachtblaues Leinen gebundenen Band aus einem kleinen Verlag mit dem seltsamen Namen Halfmoon Press gekauft.

Hätte mein Leben eine andere Wendung genommen, wenn József länger gelebt hätte? Natürlich ist diese Frage vergeblich, doch hätte er mir von der Familie erzählen können, von meinem Großvater, dem Katholiken oder dem konvertierten Juden, von ihrer Flucht nach Österreich und von meinem Cousin János, der wie meine Schwester Marianne zu jung starb? Hätte er davon erzählen wollen? Ein unvollendeter Bericht, ein verstümmelter Satz, eine zerrissene Seite. József sprach nicht auf Augenhöhe mit mir. Für ihn war ich noch ein Heranwachsender, mir gegenüber schlug er den Tonfall des wohlwollenden Onkels an. Es gab also keine Enthüllungen, weder über sein eigenes Leben noch über das seiner Schwester. Stattdessen, und als Ersatz für alles, was ich gerne aus seinem Mund gehört hätte, bleiben mir dieses Buch von Franz Werfel, ein paar Partituren, viele Fragen und manches, was ich bereue.

Zehn Tage später war Jom Kippur. Genaugenommen Erew Jom Kippur, Vortag und am Abend zugleich Beginn des Versöhnungsfestes. Etwas schüchtern öffnete ich die Tür zur Synagoge von Golders Green. Man wies mir einen Platz zu, jemand lieh mir eine Kippa und einen Tallit. Ich bejahte die Frage, ob ich hebräisch lese, und gleich darauf hatte ich ein Gebetbuch in den Händen. Mein Nebenmann zeigte mir die Seite. Dann hüllte mich das Murmeln im Saal ein.

Alle diese Männer ließen das Wort Vergebung in meinem tiefsten Inneren widerhallen. Wenn ich nicht befürchtete, mich lächerlich zu machen, würde ich sagen, ihr Gebet fuhr mir durch die Eingeweide. Ja: Ich fühlte einen heftigen Druck in meinem Bauch wie einen Dolch, der in mich stach, mich teilte.

Um Vergebung bitten.

Heißt es nicht, dass wir zuerst die Menschen um Vergebung bitten müssen, die wir gekränkt haben, bevor Gott uns vergibt?

Am nächsten Morgen war es keine Frage für mich, ich kehrte ohne Frühstück zum Morgengebet in die Synagoge zurück. Ich setzte mich auf den Platz vom Vorabend, der Saal war erst halb voll. Von Zeit zu Zeit versuchte ich zwar, die Gebete zu entziffern, doch die meiste Zeit schweiften meine Gedanken ab. In Gedanken und ohne auch nur die Lippen zu bewegen, schrieb ich eine Geschichte um, von der meine ganze Familie mich hatte fernhalten wollen, und ich weinte darüber vor Wut.

Wenige Monate zuvor hatte ich mich noch frei gefühlt. Frei, eine Vergangenheit für mich zu erfinden, frei, mir eine Zukunft auszumalen. Niemand belastete mich mit dieser Bürde, die zu tragen für viele Menschen eine lebenslange Aufgabe ist. Niemand wollte auf meinem Streckenplan die Schatten der Vergangenheit einzeichnen, und folglich lag ein Leben voller Licht und ohne Hindernisse vor mir. Ich wollte von diesem Geschenk profitieren: Wie das absolute musikalische Gehör, das ich habe, fasste ich es als eine Gabe auf, aus einer *geschichtslosen* Familie zu kommen. Ich hätte übrigens bestimmt eine ansehnliche Musikerkarriere machen können – mein Tenor klingt noch immer ganz angenehm, und Laura hörte mich gerne singen –, doch ich habe es vorgezogen, mich der Wortmusik zu widmen und stolz wie ein blinder Passagier, der unentdeckt bleibt, von einer Sprache zur anderen zu reisen. Nicht auffallen, ein neues Idiom bis in die Feinheiten der Satzmelodie nachahmen und den gleichbedeutenden Ausdruck in einer anderen Sprache finden, darauf war ich stolz. Doch das Vergnügen an Wörterbüchern ist ein einsames Vergnügen, und János liegt mit seinem Vergleich von zwanghaften Onanisten und besessenen Übersetzern vielleicht gar nicht so daneben.

Ich gestehe, wenn meine Lust am größten war, sah ich in unserem Liebesgetümmel häufig die Fortsetzung meiner Liebesspiele mit den Wörtern. Ich musste nur Laura hören, ihre geflüsterten, gewisperten Worte, schon bekam ich insgeheim Lust, sie durch meine auszudrücken und ihr zu antworten. Seufzer, die eine Gesangsstimme begleiten, ein wenig wie das italienische *Portamento*, ein Dialog fast ohne Worte. Gedehnte Vokale, das Murmeln eines *ja* oder eines *nochmal*, die dem Einvernehmen zweier ineinander verschlungener Leiber den Rhythmus geben – eine Verständigung aber, die so intim, so geheimnisvoll ist, dass alle Wörterbücher der Welt für immer stumm bleiben müssen vor der Schönheit unserer Musik.

Ihr Körper fehlt mir, *unsere Körper* fehlen mir. Mein Körper in ihrem. Genau dort liegt die Bruchstelle: Unsere ineinander verschlungenen Körper, die ein Kind gezeugt haben. Wir haben eine Seite begonnen, für die mir die Grammatik vollkommen fehlt. Ich weiß wirklich nicht, wie ich mit diesem Kind sprechen soll, welche Syntax ich ihm beibringen soll. In welchem Wörterbuch stehen die Wörter? Deshalb bin ich gegangen. Dieses neue Kapitel sollte ohne mich geschrieben werden.

»Anscheinend fragst du dich also, in welcher Sprache du mit unserem Kind sprechen wirst? Und du hältst dich für eine Fehlbesetzung in der Vaterrolle?«

Sie fiel mit der Tür ins Haus, krachend, aber Laura schlägt eben gerne – bei allem, was sie in Angriff nimmt – schon beim ersten Takt den Kammerton an. Tastende Versuche, vorsichtiges Ausprobieren, das hasst sie. Sie gibt ihren Gesprächspartnern deutliche Signale; ihr Lachen oder ihr missbilligender Blick zeigen in der Regel von Anfang an, welche Wendung das Gespräch nehmen wird. Ich erkannte gleich meine eigenen Worte, und obwohl ich mir nicht vorstellen konnte, dass Leo mich verraten hatte, war ich fassungslos: Ich wusste, dass Laura mir in der nun folgenden Diskussion keine Chance lassen würde.

»Ich habe deine E-Mail an Leo geöffnet. Aus Versehen, um genau zu sein. Du räumst in deiner Mailbox nie auf, deshalb mache ich das von Zeit zu Zeit. Und als ich deine Mail mit dem Vermerk ›Gute Nachricht‹ sah, dachte ich: Wunderbar! Er freut sich so sehr, dass er es gleich seinem besten Freund gemailt hat! Ich war so glücklich bei der Vorstellung, du würdest auch vor Glück überströmen, dass ich beim Öffnen nicht einmal das Gefühl hatte, indiskret zu sein. Was bin ich doch für eine Idiotin. Aber das ist ja jetzt auch egal.«

Sie bedachte mich noch mit weiteren, quasi wörtlichen Zitaten aus meinem Brief an Leo, man hätte meinen können, sie hätte die E-Mail auswendig gelernt. Ich hatte nicht den Mut, ihr zu antworten. Ich hatte zu überhaupt nichts Mut, wie so oft. Von der Angriffslust ihrer ersten Vorwürfe war nach wenigen Minuten nicht mehr viel übrig – ich bot keinerlei Widerstand, und man hat es schnell satt, ins Leere statt gegen einen Punchingball zu schlagen.

Ihrer Trauer, ihrer Wut, ihrem Schmerz, ihrem Gefühl, verraten worden zu sein, nicht zu verstehen, hatte ich nichts entgegenzusetzen. Zehn, vielleicht fünfzehn Minuten hörte ich sie stumm an, dann stand ich auf und sagte: »Ich glaube, ich gehe jetzt ein bisschen schwimmen.« Ich sah sie den Kopf schütteln, langsam, sehr langsam, die Ungläubigkeit in ihrem Gesicht, und zum ersten Mal nach all den Jahren kam mir ein Wort in den Sinn, ein Wort, das sie hasst, ein Wort für Schwächlinge, wie sie sagte, ein Wort für die, die Ausreden suchen, ein Wort, das nichts mit dem Leben zu tun hat, das sie sich vorgenommen hatte, doch dieses Mal passte es gut zu ihr: Sie war *hilflos.*

Standen mir meine Gedanken so sehr im Gesicht geschrieben? Ihre Antwort war schrecklich:

»Du tust mir leid.«

An jenem Tag konnte ich im Schwimmbad nicht abschalten, und selbst das gechlorte Wasser, das ich schluckte, konnte den schlechten Geschmack nicht aus meinem Mund vertreiben, den dieses Wort, ihr *Mitleid*, in mir zurückgelassen hatte. Meine Bewegungen waren dennoch geschmeidig, ich fühlte mich sehr ruhig, und ich glitt selbst nach gut fünfzig Bahnen durch das Wasser, ohne die geringste Erschöpfung zu spüren. Zurückgekehrt in unsere Wohnung, nahm ich noch einmal eine Dusche, um den Schwimmbadgeruch loszuwerden, den Laura hasste. Als ich ins Schlafzimmer trat, war es nicht nötig, die Schränke zu öffnen, um zu sehen, dass sie ihre Koffer gepackt hatte. Auf ihrem Sekretär die Nachricht: »Ruf mich nicht an. ICH werde dich anrufen.« Das Wort »ich« war dreimal unterstrichen.

VII

Es ist unglaublich, wie leicht es ist, wegzugehen. Ein paar Sachen zusammensuchen, sie in eine Reisetasche stopfen, seinen Pass und zwei Kreditkarten einstecken und die Tür hinter sich zuschlagen. Das tat ich an jenem Tag, nachdem ich ihre Nachricht in den Mülleimer geworfen hatte. Ich war darauf bedacht, meine Schwimmsachen mitzunehmen, doch auf alles andere verschwendete ich keinen Gedanken. Zwei Hemden, eine Hose, eine Jacke zum Wechseln, ein bisschen Unterwäsche, das war alles. Auf dem Flughafen Heathrow angekommen, fragte ich nach dem nächsten Flug nach Budapest. Wartezeit zwei Stunden. In der Flughafenbuchhandlung fand ich, was ich brauchte, um die Zeit zu überbrücken: zwei Romane von Sándor Marai, dem einzigen ungarischen Schriftsteller, dessen Bücher hier neben den Bestellern mit ihren gellenden Umschlägen verkauft wurden. Hundert Seiten weiter schlief ich im Flugzeug ein und wachte erst wieder bei der Landung auf. Der Taxifahrer verstand Deutsch – eine noch immer sehr nützliche Sprache in Ungarn – und setzte mich beim Hotel Gellért ab. Ich pfiff auf den Preis, zückte meine Kreditkarte und nahm ein Einzelzimmer für zwei Nächte. Ich hatte dieses Hotel aus Unbedarftheit gewählt: Seine Bäder waren weltweit bekannt, und unter den wenigen Eindrücken, die ich bei meinem ersten Besuch von Budapest mit den Thomas-Mann-Übersetzern gewonnen hatte, war mir in Erinnerung geblieben, dass ich eines Tages einmal das Gellért-Bad besuchen wollte – sonst wusste ich praktisch nichts von der Stadt. Ich hatte Pech, denn das berühmte Bad neben dem Hotel hatte man gerade abgelassen, es war geschlossen. Der Pförtner empfahl mir ein anderes Bad und bestellte mir ein Taxi. Bald stand ich vor einem ziemlich niederen Gebäude, das von mehreren kleinen Kuppeln gekrönt wurde. Ein türkisches Bad! An der Tür hing eine Tonkachel: KIRALY GYOGYFÜRDO, daran befestigt ein kleines Pappschild: »For men only: Tuesday, Thursday and Saturday«. Es war Dienstag. Beim Eintreten sah ich schnell, dass man hier im Adamskostüm badete, und ich hätte beinahe auf dem Absatz kehrtgemacht. Mir war nie wohl dabei, meine Blöße vor anderen zur Schau zu stellen, und ich schätzte meinen Sportclub in Chelsea gleichermaßen für sein hübsches Fünfzigmeterbecken wie für seine geschlossenen Duschkabinen, die auf dem Kontinent so selten sind. Die Gemeinschaftsduschen nach den Sportstunden in der Schule, die schielenden Blicke oder die unverhohlen spöttischen Kommentare habe ich nie vergessen. Doch die Schmach, dem Bademeistergehilfen bei der Handtuchausgabe meine Schamhaftigkeit zu gestehen, dazu die Badeanlage – die auf die Zeit der türkischen Besatzung zurückgeht – und das Dämmerlicht, das unter der majestätischen Kuppel herrschte, überzeugten mich schließlich. Ich ließ meine Bedenken beiseite, mied den Anblick der Männer, die in den unterschiedlichsten Körperhaltungen in dem großen achteckigen Becken schwebten, und tauchte ins Wasser ein. Ich merkte, dass Schwimmen hier nicht in Frage kam, nicht einmal die kleinste Bewegung – die Wassertemperatur musste bei über 45 Grad liegen. Ansehnlicher Dampf stieg aus dem Becken auf. Zusammen mit dem schummrigen Licht und der Hitze erzeugte dieser weiße Vorhang ein merkwürdiges, schwebendes Gefühl. Nach kurzer Zeit hatte ich die anderen, meine peinliche Nacktheit und selbst den Grund, warum ich hergekommen war, vergessen. London, das ich erst sechs Stunden zuvor verlassen hatte, schien in weiter Ferne zu liegen.

Am nächsten Tag rief ich János an. Die Betäubung, die das türkische Bad bewirkt hatte, war völlig verflogen: Am Vorabend war ich mit dem Taxi ins Hotel zurückgefahren und sofort ins Bett gegangen. Es folgte eine lange, traumlose Nacht. Doch beim Aufwachen erinnerte mich ein heftiger Schmerz im Bauch daran, warum ich in diesem Hotelzimmer war. War es derselbe Schmerz, der mir bei meinem Streit mit Laura den Atem geraubt hatte? War das Panik? Die Gewissheit, dass uns nur noch die Flucht bleibt? Laura war verständlicherweise wütend, doch noch war Zeit genug, es ihr zu erklären. Ich hätte mir sagen können, dass ihre Indiskretion mir die Sache leichter machte, da sie endlich etwas von meiner Geschichte wusste, wenn es auch nur ein Anfang war. Ich hätte diese Chance ergreifen sollen – doch im Bruchteil einer Sekunde hatte mich irgendetwas in mir zu einer anderen Entscheidung gedrängt. Das Gefühl zu ersticken, der Eindruck, unter ihrem Blick einzuknicken, nicht auf der

Höhe zu sein – das gab meinem Leben eine Wendung, die aller Vernunft widersprach.

Diese wenigen Minuten gingen mir immer wieder durch den Kopf, sie verfolgten mich. Ich beschloss, mich darüber hinwegzusetzen, und als jemand den Hörer abnahm und sich mit einem wohlklingenden »Almassy« meldete, war ich sogar so geistesgegenwärtig, mich zu erkundigen, ob mein Gesprächspartner Deutsch spreche. János hatte eine hohe Stimme, er konnte es nicht sein.

»Was wünscht der gnädige Herr?«

Soweit ich es beurteilen kann, war es ein österreichischer Akzent, und die Formulierung kam mir vor wie aus einem anderen Jahrhundert. Trotzdem kam das Gespräch mit dem Herrn leicht in Gang, der sich als János' Cousin mütterlicherseits entpuppte. Er teilte mir mit, dass *mein Freund* »in der Stadt« sei, dass man ihn aber gegen Abend zurückerwarte, und er sich freuen würde, wenn ich dazu käme.

»Er hat mir von Ihnen erzählt. Nehmen Sie den Zug um 17 Uhr, ich hole Sie dann am Bahnhof ab. János wird zum Abendessen zurück sein. Es ist zwecklos, die Einladung auszuschlagen. Wenn János erfährt, dass Sie angerufen haben und es mir nicht gelungen ist, Sie hierherzulocken, wird er wütend sein. Total wütend.«

Das alles ging so schnell. Innerhalb weniger Stunden hatte ich London hinter mir gelassen, und schon eine Nacht später war ich Gast im Schloss eines ungarischen Aristokraten und Bilderstürmers, den ich kaum kannte. Weitere vierundzwanzig Stunden später begriff ich, dass ich mich geirrt hatte. Einmal mehr auf dem Holzweg.

In jenem sehr kurzen Moment, als ich das Flugticket nach Budapest kaufte, hatte ich mir natürlich vorgestellt, dass János mir helfen würde, die Spuren meiner Großeltern zu finden. Dass ich das ganze Puzzle zusammensetzen könnte, wenn ich nach Ungarn reiste.

»Sopron? Ja, sicher, mit dem Auto ist man in zwei Stunden dort.«

János war gerade rechtzeitig zum Abendessen gekommen. Sein Cousin hatte mich, wie versprochen, am Bahnhof abgeholt und im Wagen zum Schloss gebracht. Ich hatte kaum Zeit, das Gebäude zu bewundern – ein kleines Jagdschloss vom Ende des 17. Jahrhunderts, das Anfang des 20. Jahrhunderts von János' Großonkel zum Hauptwohnsitz gemacht und modernisiert worden war –, da wurde ich zu Tisch gebeten. Wie von unsichtbaren Hausangestellten aufgetragen, stand das kalte Abendessen bereit, und János schien sich nicht einmal darüber zu wundern, als er mich seinem Cousin gegenübersitzen sah. Wie es seine Art war, kam er sogleich auf den Kern der Sache und schlug mir vor, mit seiner Hilfe weitere Nachforschungen zum Stammbaum meiner Familie im Rathaus von Sopron anzustellen. Ich dankte ihm, dann wechselte ich das Thema. János antwortete auf jede meiner Fragen: Er erzählte vom Rückkauf des Familienbesitzes, der unter kommunistischer Herrschaft beschlagnahmt worden war, von seinem Studium in Wien, von seinen Plänen an der Universität, von seinen Einkünften, es schien kein Tabu für ihn zu geben. Als er mich auf mein Zimmer begleitete, stellte er mir, einen nach dem anderen, fünfzehn seiner Vorfahren vor, deren Porträts entlang der Treppe im Treppenhaus hingen, bedachte jeden mit einem lakonischen Kommentar über Vorzüge, Laster oder das Fehlen herausragender Eigenschaften, dann beendete er die Führung mit der Frage: »Aber was nützt mir diese Galerie von Ahnen, die in den Geschichtsbüchern stehen? Ich hätte stattdessen lieber einen Vater gehabt. Ein Einziger hätte mir gereicht.« Doch sein Erzeuger hatte 1956 mit Hilfe seiner österreichischen Geliebten »sein Bündel geschnürt« und seine schwangere Ehefrau allein gelassen unter einem Regime, das die Zügel anzog, vor allem allein mit János, der bald darauf geboren wurde. Das alles erfuhr ich in wenigen Worten und in einem Ton, der ein wenig zu scherzhaft war, um János' Erregung vollständig zu verbergen.

»Gut, wir wollen versuchen, heute Nacht nicht allzu viel Lärm zu machen«, sagte er lachend zu seinem Cousin. »Ich habe diesen Gentleman schon einmal genervt, in Balatonfüred, sonst hält er uns Ungarn zuletzt wirklich für ungehobelte Kerle.«

In dieser Nacht hörte ich zwar kein Knarren, konnte aber dennoch kaum schlafen. Ich begriff langsam, dass ich weder in den Melderegistern noch in den Registern der jüdischen Gemeinde von Sopron Antworten auf meine Fragen finden würde.

Hat Laura während unserer Ehe unter meinen Alpträumen oder meinem unruhigen Schlaf gelitten? Hat sie gemerkt, wie sehr mich nachts immer wieder dieselben Bilder von Begräbnissen, Leichenwagen und Begräbniskränzen aufgeschreckt haben? Selbst hier, im Jagdschlösschen der Almassys, weit entfernt von der Champagne, von Montpellier oder London, hatte ich Mühe, einzuschlafen. Doch jetzt verfolgten mich andere Bilder: Ich ertrank im Dampf des Király-Bads, ich schlotterte unter den kalten Duschen der Sporthalle von Bar-sur-Aube, ich hörte József hinter der Tür ächzen. Schließlich wachte ich schweißgebadet auf. Meine Mutter hatte mir gerade einen Teller an den Kopf geworfen, jenen fünften Teller, den ich an den Tisch gebracht hatte. Sie kreischte:

»Begreifst du es denn nie? Wir sind zu viert! Zu viert!«

Beim Frühstück erklärte ich János, ich hätte meine Meinung geändert. Wie immer verlangte er keine Erklärung.

»Du musst es wissen«, entgegnete er nur.

»Du kannst hierbleiben, solange du willst, ich stehe dir zur Verfügung.« Ich verzichtete darauf, die Stadtarchive von Sopron zu durchsuchen, und brachte nichts weiter über meine Großeltern in Erfahrung. Nach drei Tagen mit János und seinem Cousin stieg ich wieder in den Zug nach Budapest. Ich trat die Rückreise an.

Als ich zurück in London war, hatte Laura den größten Teil ihrer Sachen aus unserer Wohnung entfernt. Ich stellte meine Reisetasche ab und machte mich sofort auf ins Schwimmbad. Ich war seit fast einer Woche nicht mehr geschwommen, ich fühlte mich steif und verspannt, und nach einer Stunde war ich außer Atem. Zu Hause verzichtete ich auf die übliche zweite Dusche: Laura war nicht mehr hier, niemand würde sich über den Chlorgeruch beklagen. Aber ich rief meine Eltern in Bar-sur-Aube an. Beim Kraulen auf den endlosen Bahnen hatte ich eine Entscheidung getroffen. Oder vielleicht schon in der Ahnengalerie von János? Egal. Ich musste mit meinen Eltern sprechen.

Meine Mutter war überrascht von meinem Anruf. Besorgt sogar, denn ich rief sonst nie außerhalb unserer Wochenendgespräche an, die längst zu einem Ritual und immer kürzer geworden waren. Aber jetzt war Donnerstag.

»Mama, kannst du mir von Marianne erzählen?«

Ich hatte keinen anderen Einstieg gefunden.

»Was?«

»Erzähl mir etwas über Marianne, ich weiß nicht was, alles, was ich vergessen habe. Wie sie war. Weißt du, ich kann mich so schlecht erinnern. Es ist grässlich, das zu sagen. Nein, es stimmt nicht ganz, eigentlich wollte ich etwas anderes sagen. Ich erinnere mich an viele Kleinigkeiten, viele Dinge, ja. Aber zugleich erinnere ich mich nicht mehr gut. Wie soll ich dir das erklären? Wir haben ja nie über ihren Unfall gesprochen. Wie ist eigentlich der Prozess gegen den Trunkenbold ausgegangen? Das habt ihr mir nie gesagt. Ich glaube, ich muss das wissen, Mama.«

»Bist du sicher, Gabriel, dass es dir gut geht? Du klingst so atemlos?«

»Ja, Mama, mir geht es gut. Ich komme gerade aus dem Schwimmbad, vielleicht habe ich mich etwas verausgabt, aber sonst ist alles in Ordnung, ich möchte das wirklich gerne wissen.«

»Also, wenn es dir gut geht, dann ist ja alles in Ordnung. Dann will ich dich nicht weiter stören. Bis nächsten Sonntag. Ruh dich aus.«

Ich hörte ein kurzes Klicken.

Drei Tage später erhielt ich einen Brief von meinem Vater.

Lieber Gabriel,
ich schreibe Dir heute, weil Deine Mutter von Deinen Fragen sehr erschüttert war. Du solltest sie nicht anrufen wegen dieser Dinge. Ich verstehe nicht, wozu das gut sein soll. Du wirst bald ein Kind haben, das ist eine große Freude für uns, und das sollte es auch für Dich sein, aber es bringt nichts, die Vergangenheit aufzuwühlen. Umarme Laura von uns.

Dein Vater

Ich hätte ihr gerne von mir erzählt. Jetzt bin ich mir sicher: Ich brauche ihr keine Fragen mehr zu stellen. Ich hatte das Bedürfnis, mit ihr zu sprechen, und deshalb hatte ich mir, während ich im Wasser meine Bahnen schwamm, ganz naiv eine andere Mutter erfunden. Eine Mutter, die ihrem Sohn, da sie ihre älteste Tochter verloren hatte, umso lieber zuhören würde. Ich war eines ihrer Kinder, eines der beiden Kinder, »die ihr blieben«, wie die Nachbarn nach Mariannes Tod sagten, doch meine Mutter war nicht jene andere Mutter. An Mariannes Stelle trat das Schweigen.

Und doch hätte ich ihr gerne von dem Tag erzählt, an dem wir die Ergebnisse unserer Abiturprüfung mitgeteilt bekamen. Ich hätte mein Triumphgeheul unter das Gelächter und die Tränen meiner Mitschüler mischen können, die am Aushang klebten. Doch ich ging auf die Toilette und schloss mich ein, denn ich schaffte es nicht, einen Weinkrampf zurückzuhalten. Ein einziger Gedanke übermannte mich: Ich hätte mir gewünscht, dass sie es miterleben könnte. Dass sie stolz auf mich wäre. Dass sie da wäre. Marianne.

Ich hätte meinen Vater gerne gefragt, ob das Bild seiner toten Mutter auf ihn einstürmte, wie mir Mariannes Bild im Kopf umhergeisterte, kurz nachdem ich zum ersten Mal eine Frau geliebt hatte. Ob er direkt hinterher vor Schmerz unter der Dusche geweint hat, während das Wasser an seinem trotz allem glücklichen Körper herabfloss. Ich hätte gerne gewusst, ob er vom Bett aufsteht oder liegen bleibt und die Decke anstarrt, wenn sich jener Tag im Oktober jährt, wenn er wiederkehrt unter so vielen Nächten?

Doch meine Eltern hatten nichts zu tun mit meinen Nervenkrisen. Das ging sie nichts an.

Meine Mutter hielt sich haarscharf an die religiösen Vorschriften meines Vaters. Der Herr hat es gegeben, der Herr hat es genommen. Man hatte sich damit abzufinden. Weiterzumachen. So lautete das Gebot. Das Leben siegt immer. Sie hatte noch zwei Kinder, um die sie sich kümmern musste, zwei Kinder, *die ihr blieben*. Sie durfte ihnen nicht ihre Tränen, ihre Schwäche zeigen. Sie hatten schließlich ein Recht auf eine sorglose Kindheit.

Sie hatte nicht verstanden, dass meine Kindheit im gleichen Moment zerbrochen war wie Mariannes Körper an jenem Oktoberabend im Straßengraben einer kurvenreichen Straße in der Champagne. Unrettbar. Sie hatte nicht erkannt, dass ich nicht damit umgehen konnte. Die Grammatiklektion meines Vaters genügte mir nicht.

Bis heute kann ich nicht der sein, *der ihr blieb.*

Zwischen dem Brief meines Vaters und dem Eintreffen eines kleinen Umschlags, in den Laura eine Visitenkarte gesteckt hatte, verstrichen vier Wochen – vier Wochen, die mir kaum in Erinnerung geblieben sind. »Termin in der Praxis von Dr. Waugh, 86 Cromwell Road, am Donnerstag, den 25. um 16 Uhr 40. Bitte sei pünktlich.«

Einen Moment lang glaubte ich, wir wären wieder ein Paar. Ich hielt ihre Hand, während der Arzt mit kleinen Kreisbewegungen auf ihrem Bauch die ersten Bilder des Kindes auf den Bildschirm zauberte, das sie in sich trug, unseres Kindes. Waren wir deshalb schon eine Familie geworden? Tränen rollten über ihre Wangen, sie weinte stumm, bis der junge Dr. Waugh mit seiner etwas heiseren Stimme uns verkünden konnte: »Es ist ein Junge.« Ich dachte: »Er muss gestern Abend auf einem Fest gewesen sein, sonst würde er nicht so krächzen.« Als wir die Praxis für Radiologie und Sonographie verließen, hielt ich noch immer ihre Hand.

Warum beschließt ein Vater, die Einsargung seiner ältesten Tochter selbst zu übernehmen, sie zu ihrem Begräbnis einzukleiden wie eine Mutter ihre Tochter für die Hochzeit? Ihr das schönste Kleid anzuziehen, das sie hat, jenes lange nachtblaue Kleid, das das Leuchten ihrer Augen besonders hervorhob? Um ihrer Anmut zu huldigen, der Anmut eines jungen Mädchens, dazu geweiht, für immer unter einem Sargdeckel zu verschwinden. Ein Versprechen, das zwei Meter unter der Erde erlischt. Der Rücken des Kleids muss aufgeschnitten werden, damit man es über diesen steifen Körper streifen kann, doch niemand wird es sehen. Es ist schwierig, die Arme in die Ärmel zu bekommen, ohne diese zu zerreißen. Das Vorderteil soll keine Falten aufweisen. Sie soll schön aussehen.

Mein Vater lehnte es ab, ein Bestattungsunternehmen zu beauftragen. Er wollte sich selbst um die letzten Angelegenheiten von Marianne kümmern, bevor … Bevor das Licht für immer von ihrem jugendlichen Gesicht weichen würde, bevor die Kieswege unter dem Gewicht des Sargs und seiner Träger knirschen, die Seile knarren würden. Bevor die Erde von den Schaufeln dumpf auf dem Holz aufschlagen würde.

Daran dachte ich, als ich die Praxis von Dr. Waugh verließ. Der Herzschlag unseres Kindes, den ich gerade gehört hatte, vermengte sich mit dem Echo der Erde, die auf den Sarg prasselte. Deshalb habe ich Lauras Hand losgelassen.

Ich würde nie die Kraft aufbringen, die mein Vater aufbrachte. Ich bin vor dem Ultraschallbild meines Kindes eingeknickt: Es legte sich über das Bild von Marianne in ihrem Sarg. Eine andere Entschuldigung habe ich nicht.

Ich kann das Leid, das ich verursacht habe, nicht ungeschehen machen. Ich bin verschwunden, ohne eine Spur zu hinterlassen. Einige Schöngeister behaupten, das Verschwinden sei die radikalste Form unserer Freiheit. Sie wissen nicht, wovon sie reden. Ich bin der Gefangene meiner Abwesenheit. Und Laura kennt nicht einmal die Adresse meines Gefängnisses.

All die Stunden, die ich darauf verwandt habe, jenem Gefühl auf den Grund zu gehen, das die Wörterbücher

Trauer nennen, haben mir nicht geholfen. Nur die Ungläubigkeit bleibt. Marianne fehlt mir nicht wirklich. Es wäre absurd, dies zu behaupten: Tag um Tag schwindet ihre Präsenz ein bisschen mehr unter der Schicht von Stunden, die ich ohne sie lebe. Zehn Jahre gegen zwanzig. Dennoch ist es keine arithmetische Übung, sich mit der Erinnerung herumzuschlagen, und obwohl ich ihre Stimme nicht mehr höre, obwohl ich den Duft ihres Haars vergessen habe, bleibt immer ein Abdruck von ihr in mir, der sich weigert, den Platz zu räumen. Die Klänge, die Düfte, die Farben mögen zwar verschwinden, aber es bleibt eine Starre, die sich als Frage in meinem Inneren eingenistet hat. *Nie wieder? Wirklich nie wieder?* Bei vielen Menschen gelingt es uns, ohne sie zu leben. Oft wissen wir genau, dass manche von ihnen für immer aus unserem Leben verschwunden sind, dass wir sie niemals wiedersehen werden. Doch die bloße Aussicht selbst auf das unwahrscheinlichste Wiedersehen hält den Schmerz von uns fern. Wir finden uns ab mit der Erinnerung an die aus dem Blick Geratenen, da sie leben. Die Grenze verläuft woanders: Wie soll man leben, wenn Asche und Tod in unsere Nächte eindringen?

Ich hatte einem Kind das Leben geschenkt. *Geben*, ohne zu verstehen: Ich hatte nicht geahnt, dass dieses Wort, war die Lust erst einmal vergangen, wieder seinen Platz in dieser starren Kette einnehmen würde, dieser ehernen Regel, die mein Vater ausgesprochen hat. Die Befriedigung hatte mich vergessen lassen, dass nach der Vereinigung das Wort *nehmen* sein Recht einfordern würde. Doch dieses erste Ultraschallbild unseres Kindes erinnerte mich daran, dass es für jeden von uns unmöglich ist, seine eigene innere Grammatik allzu lange zu vergessen.

Fern von Laura und meinem Kind, das ich nie anders als auf dem Bildschirm des Ultraschallgeräts sah, wandere ich jetzt durch Londons Straßen, und wenn ich abends nach Hause komme, setze ich mich vor leere Seiten und fülle sie. Seit mich der Ruf des Schofars vor einer Woche aus der Synagoge vertrieben hat, kämpfe ich täglich mehrere Stunden, Zeile für Zeile, und versuche alle diese Worte wiederzuerlernen, alle die Worte, die mir gefehlt haben.

Marianne, Onkel József, mein Großvater aus Sopron – Laura hatte nie von ihnen gehört. Sie wusste nichts von Miss Marple, dem Csárdás und den Benslows. Sie glaubt, sie kenne Leo und verstehe ihn. Aber ich habe ihr nicht alles über ihn, über uns gesagt, und sie weiß nicht, in welcher Schuld ich bei ihm stehe.

VIII

Ich habe mir nie eingebildet, Laura könnte bei unseren ersten Verabredungen in Norwich meiner Verführungskunst erlegen sein. Wortkarg und gehemmt, wie ich war, gelang es mir bestenfalls, ihr ein paar schummrige Blicke zuzuwerfen und ihr ab und zu etwas zu entgegnen. Eine so einfältige Bewunderung mag anfangs schmeicheln, später langweilt sie. Wenn die Vorbereitung für die Prüfungen des letzten Trimesters mir nicht den Vorwand geliefert hätte, zu meinen Eltern zu fahren, hätte sie sich bestimmt nicht weiter mit mir verabredet. Die Entfernung verhalf mir zu einer neuen Chance: Ich konnte ihr schreiben. Mich in einem anderen Licht zeigen. Ich war mir bewusst, dass ich ihre Neugier geweckt hatte. Wodurch, hätte ich nicht sagen können. Handelte es sich um körperliche Anziehung? Fand sie mich verführerisch? War es so einfach? Oder war sie neugierig geworden, weil es mir so gar nicht glückte, meine Verwirrung in ihrer Gegenwart zu verbergen? Oder weil ich anders war als die anderen? Jedenfalls spürte ich, dass diese Neugier nicht ewig anhalten würde. Damit sie sich in Interesse und anschließend in Verliebtheit verwandelte, durfte ich nicht länger den leicht zu durchschauenden Jungen abgeben, den ich bis dahin spielte. Fern von ihr, verfolgte mich ihr Bild noch mehr als in Norwich, ich wurde Tag und Nacht fast wahnsinnig vor Sehnsucht. Ich musste also von mir sprechen oder vielmehr: von mir schreiben. In meinem Kinderzimmer in Bar-sur-Aube, wo ich dem Anschein nach fern allen Ablenkungen des Studentenlebens in Norwich büffelte, verbrachte ich Stunden damit, Sätze, kaum niedergeschrieben, auszustreichen. Meine Eltern fanden, ich sei nervös, reizbar. Sie ahnten nicht im leisesten, dass meine Empfindlichkeit einen anderen Grund hatte als mein Studium, dass ich meilenweit entfernt war von jedem Gedanken an die bevorstehenden Prüfungen. Eine einzige Frage trieb mich um: Wie konnte ich dieses Lachen erwidern, das mich *überwältigt* hatte und mich nicht mehr losließ? Wie konnte ich Laura aus der Ferne in mich verliebt machen? Denn selbst aus der Distanz gelang es mir nicht, meine Stummheit zu überwinden, auf all das einzugehen, was sie bei unseren ersten Treffen losgeworden war. Die Lösung kam drei Tage später mit der Post: ein Brief von Leo. Jetzt war klar, dass ich den Umschlag mit seinen alten Briefen nicht umsonst mitgenommen hatte. Ich hatte es gemacht wie ein Kind, das sein Schmusetier mitnimmt, wenn es das Haus verlässt, wie ein Kranker, der sein Lieblingsbuch einsteckt, wenn er ins Krankenhaus muss; und es stimmte, dass ich diese so rührenden Briefe häufig las. Sie waren das Pfand unserer Freundschaft, das ich brauchte.

Es wäre wohl zwecklos, in meinen Erklärungen noch weiter zu gehen. Und sicher vergeblich, nach mildernden Umständen für diesen doppelten Verrat zu suchen. Ich kann nur sagen, dass ich weder zögerte noch besonnen war: Als ich ganze Seiten aus Leos Briefen abschrieb, empfand ich eine Freude und eine unermessliche Erleichterung, endlich die Worte gefunden zu haben, um über mich zu sprechen. Leo und ich, wir waren uns so vertraut, so ähnlich in vielen Dingen! Es war so leicht, mir seine Worte zu borgen, die zu meinen geworden waren. Seine Einsamkeit vermischte sich mit meiner. Marianne für mich, Charlotte für ihn. Colchester und Bar-sur-Aube. Ich musste allenfalls ein paar Einzelheiten ändern.

Ich habe Laura mit den Worten eines anderen verführt. Ich liebte sie in einer Sprache, die nicht meine war, und ich weiß nicht, in welcher Sprache ich mit meinem Kind sprechen soll.

Ich würde mich selbst belügen – und ich habe mir geschworen, es nicht mehr zu tun –, wenn ich behauptete, ich fühlte mich nur Laura gegenüber schuldig. Im Gegenteil. Ich habe einen zweifachen Verrat begangen. Leo habe ich zudem die Worte geraubt. Ich habe seine Geschichte geplündert, seine Geständnisse entwendet. Ich habe benutzt und entstellt, was er an intimsten persönlichen Geheimnissen hatte. Ich mache keinen großen Unterschied zwischen den Gefühlen, die ich für ihn habe, und meiner Liebe zu Laura. Sein Körper zählt natürlich nicht für mich, aber die Zuneigung und das Vertrauen, die er mir geschenkt hat, haben es mir ermöglicht, zu leben, nichts weniger. Er fehlt mir ebenso sehr wie Laura. Ich bin sicher, dass ich ihm fehle, dass er unter meinem Schweigen leidet. Tag und Nacht denke ich an das, was ich ihm antue, und ich habe schon hundertmal begonnen, ihm zu schreiben. Als ich aus der Rubrik Todesfälle der *Times* erfuhr, dass sein Vater gestorben war, wählte ich wieder und wieder seine Nummer. Ich habe es versucht, aber ich wusste nicht, wie ich das Gespräch eröffnen sollte. Aus Scham, dass ich mich so aus seinem Leben davongeschlichen habe und nicht für ihn da war, als er mich am meisten brauchte, legte ich jedes Mal wieder auf, bevor er sich meldete. Ich stellte mir vor, wie er auf den fünfzig bis hundert Metern zwischen Leichenhalle und Grab seine Mutter stützt – auf dem Friedhof von Colchester wird das nicht sehr viel anders sein als auf anderen Friedhöfen, als auf dem Friedhof von Proverville –, während sie hinter dem Sarg eines Mannes gehen, dem er seit langem nicht mehr viel zu sagen hatte, der aber sein Vater war. Ein Mann, der in der Familiengruft neben seiner Tochter Charlotte ruhen würde. Sie war ihm vorausgegangen; im Widerspruch zu allen Gesetzen der Natur hatte sie die Generationenabfolge umgedreht. Ob Leo wohl an sie gedacht hat, als er diese kurze Strecke zurücklegte? Auf jenem Weg, auf dem jeder Schritt eine unermessliche Anstrengung kostet, die nur ermessen kann, wer schon einmal in der erste Reihe hinter einem Sarg ging? Hat er an jenen ersten Trauerzug gedacht, an den kleinen Jungen, der sich in seinem schwarzen Anzug unwohl fühlte, als er an derselben Stelle zwischen seinen Eltern hinter einem hellbraunen Holzsarg ging? Der endlos die Worte seines Vaters wiederholte: »Du musst jetzt stark sein. Du musst stark sein.« Kein Weinen, kein Aufhebens hinter dieser kleinen Kiste, die seine Schwester Charlotte für immer davontrug. Ich habe Leos Vater nie kennengelernt, ich glaube, Leo legte keinen Wert darauf, dass ich seiner Familie anders als durch seine Erinnerungen begegnete. Trotzdem: Die Traueranzeige für diesen Unbekannten in der *Times* machte mich tief betroffen. Tag und Nacht verfolgte mich das Bild meines Freundes Leo in Trauerkleidung. Aus Hochmut und voller Scham denke ich sogar, dass Leo vor dem klaffenden Grab seines Vaters vielleicht an mich gedacht hat. Daran, dass ich nicht dort war. Kann es tröstlich sein, einen Freund im Stich gelassen zu haben?

Leo beschäftigt mich, beherrscht meine Gedanken. Mein Verrat an ihm raubt mir den Schlaf. Aber Laura ist die Mutter unseres Kindes. Sie hält den Schlüssel eines anderen Lebens in ihren Händen, von dem ich ausgeschlossen bin. Ich weiß nicht, ob Leo eines Tages wieder Vertrauen zu mir fassen kann wie zuvor. So wenig, wie ich weiß, ob Laura mich je verstehen wird. Doch mein Sohn soll es erfahren. Wie auch immer.

Von den Männern in der Synagoge von Golders Green habe ich ein Gebet gelernt: *Öffne uns ein Tor!* Die Gläubigen sprechen es zum Schluss von Jom Kippur und bitten darin um die Aufnahme ihres Namens in das Buch des Lebens. Mit den Worten *P'tah lanu sha'ar* bitten sie Gott um ein günstiges Schicksal für jeden. Um das neue Jahr gereinigt zu beginnen, von den Sünden befreit – wie neugeboren.

Heute Morgen ist ein Brief von János gekommen. Er hat aus eigenem Antrieb in Sopron weiter nachgeforscht. Ihm zufolge zählt mein Kind wohl zu den Nachfahren einer gewissen Alma Rosalia Roth, geborene Biro, und eines Michael Baruch Roth, die 1896 zum Christentum übertraten. Die Taufurkunden gehören zu meiner Familie, sie stammten von den Eltern meiner Großeltern.

War dieses junge Paar opportunistisch, begierig auf soziale Anerkennung, oder haben sie wirklich ihr Heil in einem neuen Glauben gesucht? Ich habe keine Fotografie, auf der ich den Ausdruck ihrer Gesichter betrachten oder einen Funken Wahrheit in ihren Augen suchen könnte. Keinen Brief, der es verständlich macht. Der kleine Karel, mein Großvater, war auf jeden Fall noch einige Wochen Jude. Viele, die Familienforschung als Hobby betreiben, würden sich freuen, wenn sie ihre Nachforschungen um zwei Namen und ein Datum ergänzen könnten. János hat sie für mich gefunden, doch ich weiß nicht, was ich mit diesen Schatten der Vergangenheit anfangen soll.

Ich habe auch kein Foto von meinem Sohn. Ob sein Gesicht überhaupt noch dem Gesicht dieser Vorfahren ähnelt, von denen ich jetzt erfahren habe? Doch vor allem: Wird er besser verstehen als ich?

Ein neues Jahr. Fünfundzwanzig Stunden Fasten statt Silvesternacht. Mit einer Kippa anstelle von Konfetti und Luftschlangen. Und eher mit einem Gebet als mit den großspurigen Vorsätzen, die man wenige Minuten vor Mitternacht gefasst und gleich danach wieder vergessen hat – vielleicht auch mit einem Neuanfang. Die Straße, in der die Synagoge von Golders Green liegt, trägt den merkwürdigen Namen »The Exchange«: Der Wechsel. Steht es mir noch zu, mein Leben gegen ein anderes einzutauschen? Ein neues Tor zu öffnen und einen anderen Weg zu finden?

Einen Schritt vor den anderen.